구대회의

인생
커피

펴낸날 | 초판 발행 2018년 4월 20일

지은이 | 구대회

만들어 펴낸이 | 정우진 강진영

펴낸곳 | 도서출판 황소걸음

디자인 | 송민기 happyfish70@hanmail.net

등록 | 제22-243호(2000년 9월 18일)

주소 | 서울시 마포구 토정로 222 한국출판콘텐츠센터 420호

편집부 | 02-3272-8863

영업부 | 02-3272-8865

팩스 | 02-717-7725

이메일 | bullsbook@hanmail.net

ISBN | 979-11-86821-21-3   03810

이 도서의 국립중앙도서관 출판시도서목록(CIP)은 서지정보유통지원시스템
홈페이지(http://seoji.nl.go.kr)와 국가자료공동목록시스템(http://www.nl.go.kr/kolisnet)에서
이용하실 수 있습니다. (CIP제어번호 : CIP2018010321)

구대회 지음

커피테이너 구대회의 맛있는 커피 탐구

구대회의

인생 커피

황소걸음
Slow & Steady

영화 〈식객〉에서 우중거(김상호)는 군대 고참 호성 (정은표)에게 쫄병 때 고참한테 얻어터진 뒤 울면서 먹은 라 면 맛을 잊을 수 없다고, 그 비법을 가르쳐달라고 애원한다. 호성은 그게 간단히 설명할 수 있는 것이 아니라며 가르쳐 주지 않는다. 영화가 끝나갈 무렵, 우중거에게 작은 택배 상 자 하나가 배달된다. 상자 안에는 라면 한 봉지와 '라면 맛있 게 먹는 법'이라고 쓰인 편지가 들었다. 편지에는 '배고플 때 먹도록. 꼭 배고파야 함'이라고 쓰여 있었다.

우중거에게 '인생 라면'이 있다면, 나에게는 '인생 커피'가 있다. 2005년 히말라야 안나푸르나 베이스캠프에서 마신 인 스턴트커피, 2009년 콜롬비아 살렌토의 카페에서 맛본 카푸 치노, 2012년 일본 도쿄의 커피 장인이 볶고 그의 수제자가 추출한 핸드 드립 커피가 그것이다. 돌이켜 보니 안나푸르 나의 인스턴트커피는 눈부시게 아름다운 설산과 살을 파고 드는 추위 때문에 맛있었다. 살렌토의 커피는 질 좋은 원두 와 커피 산지가 주는 몽환적인 분위기가 한몫했다. 마지막 으로 도쿄의 커피는 온전히 로스터와 바리스타의 탁월한 실 력 때문이었다.

결국 맛있는 커피는 원두 자체의 품질, 바리스타의 능력, 당시 자신이 처한 상황과 분위기의 조합이 아닌가 한다. 이 글을 읽는 독자들도 저마다 인생 커피가 있을 것이고, 맛있는 커피를 찾아 카페 순례를 하는 독자도 있을 것이다. 손님들에게 "어떤 커피가 맛있는 커피인가?"라는 질문을 종종 받는다. 그런 때면 〈식객〉 호성의 심정이 된다. 커피 애호가들이 인생 커피를 찾아 나서는 길에 작은 도움이라도 되고자 몇 가지 커피 상식, 커피에 대한 이슈, 나의 커피 순례기 등을 담았다. 이 책이 커피 애호가들에게 잠시나마 작은 즐거움을 주고, 맛있는 커피를 찾아 나서는 길에 작은 이정표가 되기를 바란다.

이 책이 나오기까지 여러분께 큰 신세를 졌다. 커피를 시작한 이래 물심양면으로 도와준 김회영 형, 대학 시절부터 지금껏 내 버팀목이 되어준 이철웅 형, 함께 커피 여행을 한 박수현 형에게 고마움을 전한다. 나의 멘토로서 격려와 충고를 아끼지 않는 《시사저널》 박영철 편집국장님과 김앤장 노상섭 고문님께도 감사 인사를 올린다. 이들이 없었다면 내가 여기까지 오지 못했을 것이다. 또 부족한 글을 책으로 엮어준 도서출판 황소걸음에 감사의 말씀을 드린다.

결혼 후 지금껏 묵묵히 나를 지지해준 사랑하는 아내 김현지에게 이 책을 드린다.

2018년 봄, 구대회

차

례

2 커피 음미하며 마시기

3 커피 다시 마시기

4 카페, 어디까지 가보셨어요?

커피에서 몇 가지 맛을 느끼시나요?

1

알면 더 맛있는
커피 이름에 숨은 뜻

———

　카페를 운영하다 보면 종종 일어나는 일이다. 40대 후반의 중년 남성이 메뉴판을 물끄러미 쳐다보더니 에스프레소마키아토espresso macchiato를 주문한다. 잠시 후 음료를 받아 든 손님은 순간 동공이 흔들리면서 "이게 뭐죠?"라고 묻는다. 그렇다. 손님은 보기에도 맛깔스러운 하얀 생크림 위에 달콤한 캐러멜 소스를 보기 좋게 뿌린 캐러멜마키아토caramel macchiato를 기대한 것이다. 이는 에스프레소마키아토와 캐러멜마키아토를 혼동해서 벌어진 해프닝이다. 여기서 마키아토는 '점dot' '얼룩진stained'이란 뜻이다.

　누가 이런 실수를 하느냐고 반문하는 분도 있겠지만, 카페에서는 하루에도 수차례 메뉴 때문에 직원과 손님 간에 실랑이가 벌어진다. 믿기지 않겠지만, 간혹 아메리카노americano와 에스프레소를 헷갈리는 손님도 있다. 그래서 바리스타는 특정 메뉴에 대해서는 항상 주문을 받은 뒤 꼭 한 번

자세히 확인을 해야 손님과 겪는 불편한 일을 피할 수 있다.

에스프레소를 베이스로 하는 커피 음료 이름은 에스프레소 머신을 처음 발명한 나라인 이탈리아어로 돼 있다. 에스프레소는 어감이 주는 느낌대로 '빠르다'는 뜻이다. 더 정확히 정의하면 '곱게 분쇄한 커피 가루를 고온의 물과 높은 압력으로 빠르게 추출한 커피 원액'을 말한다.

에스프레소에 약 70도로 데운 우유를 넣어 희석한 것을 카페라테cafe latte라고 한다. 여기서 카페는 커피를, 라테는 우유를 뜻하는 이탈리아어다. 프랑스에는 카페오레café au lait라는 비슷한 메뉴가 있다. 오레는 '우유와 함께'라는 뜻이다.

카푸치노cappuccino는 에스프레소에 데운 우유와 풍성한 거품을 올린 것으로, 카페라테와 차이점은 거품의 두께라고 보면 된다. 카페라테는 0.5센티미터 미만이 적당하고, 카푸치노는 1.5센티미터 이상 돼야 한다.

분명 카푸치노를 주문했는데, 막상 받아 든 커피는 카페라테도 아니고 카푸치노도 아닌 정체불명인 경우가 간혹 있다. 나는 이런 커피를 라푸치노라고 한다. 물론 세상에 이런 메뉴는 없다. 바리스타가 좀 더 신경 썼거나 평소 실력을 연마했다면 나올 수 없는 음료인 것이다. 애써 카푸치노임을 증명이라도 하듯 시나몬(계피) 파우더를 뿌리지만, 곱고 풍성한 거품이 없는 카푸치노는 뭐 없는 찐빵과 다름없다.

이탈리아와 스페인 혹은 라틴아메리카를 여행할 계획이 있는 사람이라면 꼭 기억해야 할 커피 용어가 몇 개 있다. 콘con(더하다), 파냐panna(크림), 도피오doppio(더블), 카페솔로café solo(에스프레소), 레체leche(우유) 등이다.

에스프레소콘파냐espresso con panna는 에스프레소에 하얀 크림을 올린 것이다. 특히 '콘'이라는 단어가 재미있는데, 마트나 편의점에 가서 생수를 살 때 '콘 가스con gas'라고 쓰인 것은 탄산수임을 잊지 말자. 10여 년 전에 유럽 여행을 처음 갔을 때, 콘 가스라고 쓰인 물이 '신 가스sin gas(가스가 없는)'라고 쓰인 물보다 싸기에 덥석 집었다가 한밤중에 낭패를 본 경

보기에도 먹음직스러운 캐러멜마키아토

험이 있다. 스페인과 라틴아메리카에서 카페솔로는 에스프레소를 의미하고, 카페콘레체café con leche는 카페라테이므로 사전에 알면 유용하다.

우리가 보통 커피라고 하면 음료와 원두를 포괄한다. 우선 생두와 원두를 구분할 필요가 있다. 보편적으로 볶지 않은 커피콩을 생두green bean, 볶은 커피콩을 원두whole bean라 한다. 이 때문에 커피 이름은 음료 메뉴뿐만 아니라 산지별 원두의 종류까지 아우른다. 자기 취향에 맞는 커피를 맛있게 즐기기 위해서는 조금 번거롭더라도 커피 메뉴를 이해하는 것은 물론, 원두 이름에도 어느 정도 식견이 있어야 한다.

로스터리 카페roastery café에서는 산지별 생두를 직접 볶은 원두를 판매한다. 평소 취향에 따라 즐겨 마시는 원두가 있는 커피 마니아야 상관없지만, 이제 막 커피에 입문한 초보자는 생소한 원두 이름에 금세 백기를 든다. 지금부터 소개하는 몇 가지를 알면 원두를 선택할 때 큰 도움이 되니 기억하자.

생두 이름은 대개 나라 이름, 등급(생두의 크기, 산지 고도에 따라 구분), 농장이 소재한 지역 이름으로 구성된다. 예를 들어 '콜롬비아 수프리모 후일라Colombia Supremo Huila'는 콜롬비아의 후일라 지방에서 수확한 수프리모급 생두를 말한다. 참고로 수프리모는 엑셀소Excelso보다 높은 등급이다. '케냐 AA

세렝게티_{Kenya AA Serengeti}' 역시 케냐의 세렝게티 지역에서 생산된 AA 등급의 생두를 말하며, AA가 AB보다 높은 등급이다.

콜롬비아와 브라질을 제외한 라틴아메리카 지역의 생두 등급은 산지 고도에 따라 결정된다. '과테말라 SHB 후에후에테낭고_{Guatemala SHB Huehuetenango}'는 과테말라의 후에후에테낭고 지역 가운데 해발고도 1200~1600미터에서 생산되는 생두를 의미한다. HB_{Hard Bean}보다 GHB_{Good Hard Bean}가, GHB보다 SHB_{Strictly Hard Bean}가 등급이 좋은 생두다.

아는 만큼 보인다고 했다. 커피에 대한 관심이 높아진 지금, 그 이름에 조금만 관심을 가지면 캐러멜마키아토 대신 에스프레소마키아토를 주문하는 불상사는 피할 수 있을 것이다. 평소 원두를 사서 즐겨 마시는 사람 역시, 생두의 등급이 크기와 산지의 해발고도에 따라 결정된다는 정도만 알아도 커피 생활이 한결 풍성해진다.

맛있는 커피 한 잔이 세상을 바꾸지는 못하겠지만, 상처받거나 애달픈 삶에 지친 사람의 마음을 위로할 수 있다. 그 사람이 모여 세상을 바꾸는 것이니, 결국 메뉴 이름에 맞는 맛있는 커피 한 잔을 만드는 바리스타의 역할 또한 참 중요하다 하겠다.

볶은 커피의
맛있는 유통기한

　최근 들어 원두를 사 가는 고객이 눈에 띄게 늘었다. 그만 큼 가정과 직장에서 자기만의 추출법으로 커피를 즐기는 사 람이 많아졌다는 증거다. 원두를 구매한 고객이 가장 많이 묻는 것은 얼마 동안 마실 수 있느냐는 것이다. 그들이 궁금 한 것은 식품위생법상 유통기한이 아니라 원두를 맛있게 즐 길 수 있는 기간이다.

　흔히 원두라고 하는 볶은 커피는 생두와 달리 오래 지나 도 여간해서는 썩거나 곰팡이가 피지 않는다. 외관상 크게 변질되지 않기 때문에 포장 용기에 쓰인 볶은 날짜를 보지 않는 한, 볶은 지 얼마나 되었는지 알 길이 없다.

　중간 볶음 이상으로 볶은 원두는 시간이 지나면서 가스가 빠지는 과정에 커피 기름도 배어 나오므로 원두 표면에 기 름기가 많으면 볶은 지 꽤 됐다고 추측할 수 있다. 다만 강하 게 볶은 커피는 기름이 바로 배어난다는 점을 알아두자. 어찌 되었건 원두는 다른 음식과 달리 상하지 않으니, 식품위생법상 유통기한을 1년 이상으로 정해도 문제가 되지 않는다. 이런 연유로 시중에 유통되는 상당수 원두는 유통기한이 2년이나 된다.

앞서 언급했지만, 법적으로 원두를 판매할 수 있는 기간과 맛있게 즐길 수 있는 기간에는 상당한 괴리가 있다. 우리가 커피를 소비하는 것은 코를 킁킁거리게 하는 구수하고 향긋한 향과 특유의 쌈싸름한 맛을 즐기기 위한 것인 만큼, 기대하는 향과 맛이 변질된 커피는 그 이름값을 할 수 없다. 그렇다면 볶은 커피를 맛있게 즐길 수 있는 기간은 얼마나 될까.

우선 추출 방법에 따라 그 기간이 달라진다. 핸드 드립이 가장 짧고, 에스프레소 머신으로 추출하는 경우 상대적으로 그 기간이 가장 길다. 특히 핸드 드립은 프렌치 프레스나 모카 포트, 에어로 프레스, 에스프레소 머신 등과 달리 시각적인 맛이 차지하는 비중이 가장 크다. 그 이유는 커피가 추출되는 상황이 외부에 노출되고, 사람의 손이 가장 많이 가며, 추출 시 기대하는 시각적인 효과가 가장 크기 때문이다.

커피의 품질을 결정하는 요소 가운데 중요한 두 가지는 맛과 향이다. 사람에 따라 맛을 중요하게 생각하기도 하고, 반대로 커피는 누가 뭐라 해도 향이라며 맛보다 향의 가치를

높게 두기도 한다. 생두를 볶으면 그 과정에 물리적·화학적
변화가 일어난다. 물리적 변화는 수분이 증발하면서 질량이
10~20퍼센트 줄어들고, 반대로 부피는 50~60퍼센트 커지

며, 색상은 옅은 푸른빛에서 노르스름한 색을 거쳐 짙은 갈색으로 변한다. 화학적 변화는 단백질의 변화를 일컫는 메일라드 반응-Maillard reaction(갈변)과 지방의 변화로 휘발성 커피 향이 생기며, 산酸의 변화로 커피의 신맛이 결정된다.

상식적으로 바로 볶은 커피가 가장 맛있을 것 같지만, 커피는 볶은 뒤 10~12시간 지나야 로스팅할 때 원두 조직 내부에 생성된 가스가 배출돼 비로소 추출하기에 적합한 상태가 된다. 물론 이때도 원두 내부에는 가스가 있다. 커피 향은 볶은 뒤 하루 정도 지나야 활성화되고, 점차 향이 증가하다가 일정 기간이 지나면 향이 감소하기 시작한다. 이는 보관상태와 분쇄 여부에 따라 큰 영향을 받는다. 이 때문에 완전밀폐된 용기나 한 방향one way 밸브가 달린 봉투에 보관해야하며, 필요할 때마다 분쇄해서 추출해야 한다.

몇 가지 추출 방법에 따른 분쇄하지 않은 볶은 커피의 맛있는 유통기한을 소개하면 다음과 같다. 핸드 드립은 볶은 뒤 2~10일이 좋다. 핸드 드립 시 커피 표면이 봉곳이 부풀어오르는, 흔히 말하는 '커피 빵'을 보고 싶다면 원두는 신선할수록 좋다. 기간이 지날수록 가스가 많이 빠져나가서 커피빵의 모양도 나빠지기 때문이다. 에스프레소 머신으로 추출하는 경우, 최소한 일주일 이상 가스를 배출한 뒤에 사용하는 것이 좋다.

나는 볶은 뒤 10일 정도 지난 커피를 쓴다. 경험상 볶은 뒤 10~14일이 지나야 이상적인 에스프레소를 얻을 수 있었기 때문이다. 프렌치 프레스와 에어로 프레스, 모카 포트는 볶은 뒤 2~21일 지나면 큰 무리 없는 커피 맛을 내는데, 나는 3~14일 지난 것을 선호한다.

볶은 커피를 보관하는 방법도 추출 시 커피 맛에 큰 영향을 미친다. 최악의 경우는 분쇄한 커피를 완전 밀폐되지 않은 종이봉투에 넣어 습한 냉기가 가득한 냉장실에 보관하는 것이다. 이렇게 보관하면 커피가 말 그대로 방향·방습제가 되는 셈이다. 냉장실의 온갖 음식 냄새가 커피에 배어 오만 가지 음식 맛이 나는 고약한 커피가 될 것이다.

이게 웃을 일이 아니다. 꽤 많은 사람들이 분쇄한 커피를 냉장실에 아무렇게나 보관하는 것을 봤다. 신선한 볶은 커피를 분쇄하지 않은 상태에서 완전 밀폐한 뒤, 그늘지고 서늘하며 건조한 곳에 보관하는 것이 좋다.

조금 번거롭기는 하지만, 맛있는 커피를 위해서는 커피밀coffee mill 하나쯤 구비하는 게 좋다. 편의상 로스터리 카페나 대형 마트에서 분쇄한 커피를 구매하는데, 이 경우 공기와 접촉하는 표면적이 넓어 산패 속도가 빨라지고, 몇 시간만 지나도 내부의 가스가 빠져나가 향 손실이 크고 맛도 기대에 못 미친다. 에스프레소 머신은 전동 커피밀이 필수적이지만, 그 외 추출 방법은 수동식 커피밀로도 충분하다. 수동식 커피밀은 인터넷에서 2만~3만 원이면 충분히 구매가 가능하므로, 커피를 더 신선하고 멋스럽게 마시기 위해 관심을 가질 필요가 있다.

커피는 사랑을 닮았다. 사랑하는 사람에게 관심과 정성을 쏟는 만큼 그 사랑이 귀하고 아름답게 피어나듯, 커피 또한 얼마나 애정을 갖고 대하느냐에 따라 그 속에 숨겨둔 오묘한 맛을 드러내기 때문이다. 맛있는 커피를 위해 조금 더 불편해지자.

카페 창업이
여전히 매력적인 이유

장면 하나. 평소 그토록 소망하던 커피 전문점을 차린 김진명(가명) 씨는 매장 운영에 한계를 느껴 카페를 접기로 결심했다. 창업 당시만 해도 매장 반경 100미터 내에 세 곳에 불과하던 카페가 지금은 일곱 군데로 늘어나 매출이 반 토막 났다. 설상가상으로 최근 들어 저가 커피가 등장하면서 가격 경쟁력마저 떨어져 더 이상 승산이 없다고 판단한 것이다.

장면 둘. 올해 마흔여덟이 된 박승현(가명) 씨는 지난 20년간 다닌 직장에서 명예퇴직을 앞두고 있다. 그는 1년 전부터 틈틈이 바리스타 학원에 다니고, 창업 관련 서적도 읽으면서 제2의 인생을 준비해왔다. 직장을 그만두면 집 근처에 작은 카페를 차려 아내와 함께 운영할 계획이다.

최근 우리 사회에서 벌어지는 창업 현실을 그대로 보여

주는 두 가지 예다. 비단 카페뿐만 아니라 치킨집, 삼겹살집,
피자집 등 많은 분야에서 동일한 현상이 거의 매일 반복된
다. 이 시대의 수많은 사람들이 자의 반 타의 반으로 직장을

그만두거나 업종을 변경하면서 창업이라는 냉혹한 현실과 마주한다. 무엇을 선택하든 치열한 경쟁은 피할 수 없고, 그 혹독한 환경에서 살아남기 위해 처절한 몸부림은 필수다.

내가 과거에 커피를 매력적으로 느낀 것은 적어도 다섯 가지가 분명했기 때문이다. 첫째, 서양에서 수백 년간 검증받은 음료다. 둘째, 상대적으로 진입 장벽이 높지 않다. 셋째, 노동 피로도가 타 업종에 비해 높지 않다. 넷째, 카페의 특성상 쾌적한 환경에서 일할 수 있다. 마지막으로 다른 아이템과 협업을 하기에 어렵지 않다. 이렇듯 커피는 그 어떤 업종보다 많은 장점이 있어 예비 창업자들에게 여전히 묘한 끌림을 준다.

18세기 이후 서양에서는 커피 음료를 파는 카페가 성행했다. 지금까지 300여 년간 카페 산업이 이어져온 셈이다. 건강을 위해 담배를 끊는 사람은 있어도, 커피를 끊는 사람은 거의 보지 못했다. 물론 약을 장복하는 사람은 커피를 줄이라는 의사의 조언에 따르기는 한다. 서양에 이런 속담이 있다. '커피조차 마시지 못한다면 인생에서 무슨 재미가 있겠는가.'

나는 전 세계 50여 개국을 여행하면서 아무리 형편이 궁색해도 고단한 노동 가운데 커피 한 잔의 여유를 즐기는 사람들을 수없이 봐왔다. 그 모습은 어떤 풍광보다 멋스러웠다. 이것은 비단 다른 나라의 이야기가 아니다. 어느덧 우리나라도 커피는 삶의 중요한 부분으로 자리 잡았다. 이런 이유 때문인지 커피는 경기의 부침에 따라 매출에 큰 차이를 보이지 않는 특징이 있다.

커피를 잘하는 것은 무척 어려운 일이지만, 커피를 추출하는 기술을 익히는 데는 긴 시간이 걸리지 않는다. 다른 업종에 비해 진입 장벽이 높지 않다는 뜻이다. 배우는 과정이 재미있고, 즐거우며, 만든 것을 그 자리에서 맛보고 평가받을 수 있는 점도 매력이다. 그래서 지금도 수많은 사람들이 커피를 배우고 싶어 하고, 카페 창업에 대한 꿈을 키워간다.

어떤 일을 하든 쉬운 것은 없다. 돈을 벌기 위한 일이라면 더욱 그렇다. 그럼에도 커피를 추출하는 일은 고기를 굽거나 닭을 튀기는 일에 비해 단위시간당 노동 피로도가 상대적으로 낮다. 전문가들은 카페를 오래 하면 일의 특성상 오십견이나 팔목터널증후군이 올 수 있다고 경고한다. 틀린 말은 아니나, 그것은 일하는 자세가 바르지 않고 팔과 어깨 등에 힘을 주기 때문이다. 나는 수년 동안 해마다 수만 잔의 커피를 추출해도 몸에 이상이 생기지 않았다.

카페의 특성상 어떤 업종보다 쾌적한 환경에서 일할 수 있다. 커피 고유의 고소하고 향긋한 향은 마음을 안정시키고, 매장에 항상 울려 퍼지는 감미로운 음악은 귀를 즐겁게 한다. 계절에 맞게 냉난방이 잘되어 일하기에 더없이 좋은 공간이 카페. 이런 이유로 여성들의 로망 가운데 하나는 직장을 그만두면 작고 예쁜 나만의 카페를 차리는 것이다.

커피 하나로도 얼마든지 매력적이지만, 다른 아이템과 컬래버레이션을 하기에 좋다. 전통적으로 빵집에서 커피를 많이 파는데, 이제는 전혀 어울리지 않을 것 같은 업종과 협업을 통해 커피의 확장 가능성을 보여준다. 꽃집에 카페가 들어서고, 자전거 전문점에서 커피를 팔며, 스쿠버 용품을 파는 곳에 테이크아웃 커피 전문점이 들어서기도 한다.

카페 창업의 매력 다섯 가지만 보면 당장이라도 시작해야겠지만, 우리가 잊지 말아야 할 것이 있다. 개업 후 장사가 안 되면 말짱 도루묵이다. 커피를 익히는 것과 장사를 잘하는 것은 다른 일이다. 아무리 커피를 잘해도 사업 수완이 없어 간판을 내리는 경우도 있다. 실력이 좋은 바리스타가 꼭 성공한 카페 사장이 되는 것은 아니다. 손님이 없는 카페의 쾌적한 실내는 찾는 이 없는 황량한 놀이공원만큼이나 쓸쓸하다. 좋은 음악도 귀에 들어오지 않고, 커피 맛도 그렇게 쓸 수가 없다. 두 마리 토끼를 다 잡으려고 시작한 커피와 다른 아이템의 컬래버레이션은 자칫하면 커피 손님마저 놓치는 어리석음을 범할 수 있다.

구약성경 〈민수기〉 13장에 다음과 같은 구절이 나온다.

"가나안은 젖과 꿀이 흐르는 땅이다. 아니다. 그곳은 거인이 지배하여 우리는 그들에 비하면 메뚜기와 같다." 갈렙과 여호수아는 가나안 땅의 풍족함과 정복 가능성을 보았고, 다른 정탐꾼들은 그곳에 사는 거인이 무서워 겁에 질렸다. 마음먹기에 따라 우리는 거인이 될 수도 있고, 메뚜기처럼 보잘것없는 존재가 될 수도 있다. 불황에도 사람들이 한참을 줄 서서 기다리다 먹는 맛집이 있고, 활황에도 손님 하나 없는 매장이 있다.

잘되는 카페를 만드는
성공 법칙

　카페 창업을 결심하고 나에게 찾아오는 분들이 항상 묻는 것이 있다. "제가 지금 카페를 해도 될까요?" 그들의 이야기를 들어보면, 준비가 덜 되었을 뿐 아니라 막연한 기대와 어쩔 수 없는 현실 때문에 창업을 결심한 경우가 대부분이다. 매장을 계약하고 인테리어 공사가 들어간 경우가 아니라면, 창업을 좀 미루고 처음부터 다시 준비하라고 충고한다. 더 심각한 경우, 인테리어 공사가 들어간 상황이 아니면 매장 임대차계약금을 날리더라도 지금 카페를 하지 말라고 이야기한다. 나중에 있는 돈, 없는 돈 끌어다 쓰고 망하는 것보다 나으니까.

　카페의 본질은 맛있는 커피와 편안한 공간을 제공하는 데 있다. 어지간히 좋은 위치가 아니면 커피가 맛없는 카페는 성공하기 어렵다. 카페가 커피 맛에 충실해야 하는 이유가 여기에 있다. 커피 맛에 대한 평가는 주관적인데, 어느 정도 맛을 내야 할까? 불행인지 다행인지 몰라도 대개 커피 좀 마신다는 우리나라 사람들의 기준은 스타벅스라고 해도 과언이 아니다.

나는 마실 만한 커피 맛의 기준을 100점 만점에 60~70점으로 본다. 스타벅스의 커피 맛은 60~65점이라고 생각한다. 물론 그들이 더 맛있는 커피 맛을 낼 수 있으나, 그에 따른 직원 교육과 비용 때문에 지금 수준을 유지한다고 본다. 따라서 적어도 스타벅스보다 5~10점 맛있는 커피 맛을 내야 어떤 고객이 와도 "이 집 커피 맛이 괜찮네"라는 평가를 들을 수 있다.

커피 값은 음료와 공간으로 구성된다. 나는 음료가 차지하는 비중이 40퍼센트, 공간이 60퍼센트라고 본다. 이것을 감안해 커피 값을 책정하면 틀림이 없다. 예를 들어 아메리카노가 4000원이라면 음료는 1600원, 공간은 2400원이다. 자신이 열고자 하는 카페의 공간이 다른 곳에 비해 좁다고 판단되면 공간에서 할인하면 된다. 공간 할인을 20퍼센트 하면 아메리카노는 음료 1600원과 공간 1600원의 합인 3200원이다. 테이크아웃 커피 전문점을 계획 중이라면, 아메리카노는 1500~2000원이 적당하다.

처음 카페를 창업하는 사람들이 빠지는 함정이 있다. 바로 메뉴가 다양해야 한다는 것이다. 깨알 같은 글씨로 가득

채운 메뉴판은 읽기 어려울 뿐만 아니라, 무엇을 선택해야 할지 도무지 알 길이 없다. 메뉴가 다양하면 고객 선택권이 많아질 것 같지만, 꼭 그렇지 않다. 이름난 맛집에 가보면 하나같이 메뉴판이 단순하다. 심지어 설렁탕과 수육처럼 선택 가능한 메뉴가 한두 가지뿐인 경우도 있다.

카페 얘기를 하면서 왜 설렁탕집과 비교하느냐고 궁금해하는 사람이 있을 것 같아 미리 말하면, 커피도 음식이라는 점을 잊어서는 안 된다. 요즘 맛집 순례가 유행이듯이 커피 또한 이름난 곳을 찾아다니는 마니아가 많다. 커피는 맛없는데 분위기가 좋다고 찾는 시대는 지났다. 경쟁력 있는 단순한 메뉴로 고객을 공략해야 재고 관리가 쉽고, 성공할 가능성도 높아진다.

커피 메뉴에는 그 카페를 대표하는 것이 있어야 한다. 고객이 그 집을 이야기할 때 공통적으로 떠올리는 메뉴가 없다면, 커피 맛집이라고 할 수 없다. 거기는 더치커피가 깔끔하고 맛있다거나, 카페라테가 진하고 참 고소하다는 등 그 집을 대표할 만한 메뉴를 만들어야 한다.

나는 '커피짬짜'라는 메뉴를 개발했다. 포터필터porter filter에 분쇄한 원두를 담을 때 그라인더 두 대를 사용해 아래위로 반은 케냐를 담고 나머지 반은 과테말라를 담아 탬핑한 뒤 추출한다. 맛이 독특할 뿐 아니라 이름과 만드는 과정이 새로워서 많은 고객의 사랑을 받는다. '바리스타초이스'라는 메뉴도 있다. 바리스타가 고객의 기호에 따라 메뉴에 없는 커피를 만들어주는 것이다. 당연히 다른 메뉴에 비해 값이 비싼데도 자기만의 커피를 마시고 싶은 고객이 즐겨 찾는 메뉴가 되었다. 이렇듯 종전의 카페를 그대로 모방한 메뉴보다 독특한 레시피와 색깔을 넣은 커피 메뉴를 개발하는 것 또한 고객의 발길을 붙잡는 방편이 될 수 있다.

마지막으로 그 카페의 이야기를 만들어야 한다. 흔히 사업에 스토리가 있어야 한다는 말이 바로 그것이다. 스토리는 신문이나 잡지에 광고 한두 번 낸다고 만들어지는 것이 아니다. 오랜 시간 고객의 입에 오르내려야 하기 때문에 시간이 걸릴 수밖에 없다. 나 역시 한자리에서 9년째 영업을 하는데, 그사이에 많은 일이 있었고, 그런 것이 하나하나 쌓여 지금에 이르렀다. 고객 역시 하나둘 단골로 만들다 보니 하루에도 수백 명이 즐겨 찾는 카페가 된 것이지, 어느 날 느닷없이 유명해진 것은 아니다.

스토리를 만든 사례 하나를 소개하면 다음과 같다. 나의 카페는 매달 특정한 날짜에 음료 사이즈 업 행사를 하는데, 다달이 조건이 다르다. 10월의 행사를 소개하면, 5일은 손톱 전체에 빨간 매니큐어를 한 분(아메리카노 무료), 15일은 10월에 생일인 분(주민등록상 생일), 20일은 자신감 있게 반바지

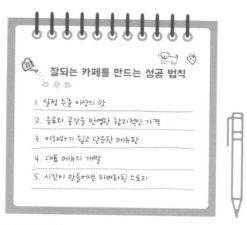

잘되는 카페를 만드는 성공 법칙

1. 일정 수준 이상의 맛

2. 음료와 공간을 반영한 합리적인 가격

3. 이해하기 쉽고 단순한 메뉴판

4. 대표 메뉴의 개발

5. 시간이 만들어낸 차별화된 스토리

■ 잘되는 카페를 만드는 성공 법칙

를 입고 온 분(치마 아님), 25일은 '쌍수' 하신 분 누구나(자연산 제외) 등이다. 손님들은 알림판을 읽고 깔깔거리며 재미있어하고, 실제로 10월에 '자신감 있게 반바지를 입고 온 분'도 있었다.

일정 수준 이상의 맛, 음료와 공간을 반영한 합리적인 가격, 이해하기 쉽고 단순한 메뉴판, 대표 메뉴의 개발, 시간이 만들어낸 스토리. 이 다섯 가지를 잊지 않는다면, 분명 성공 가도를 달리며 장안에 이름난 카페로 성장할 것이다. 이는 비단 카페에 국한된 문제가 아니다. 이 다섯 가지를 명심하고 지킨다면 어떤 아이템으로 승부해도 절대 실패하지 않을 것이다.

　마지막으로 한 가지 더. 내가 손님이라면 그 많은 카페 가운데 내 카페에 갈지 생각해보자. 조금도 거리낌 없이 "그렇다"고 대답할 수 있다면, 당신이 만들고자 하는 카페는 성공할 것이다. "글쎄" 하고 주저한다면, 처음부터 다시 준비하는 것이 당신의 금쪽같은 시간과 돈을 아끼는 길이다.

커피에 관한
몇 가지 궁금증과 사실

　커피는 언제 가장 맛있을까? 동일한 품질의 커피라도 날씨와 계절, 음식, 상황에 따라 그 맛과 향이 다르게 느껴진다. 이것은 단지 심리적인 원인 때문이 아니며, 일부는 과학적으로 설명이 가능하기에 흥미롭다.

　비가 오는 날 유독 커피 향이 진하게 느껴진 경험은 누구나 있을 것이다. 평소 같으면 그냥 지나쳤을 텐데, 구수하고 달콤한 커피 향에 이끌려 들어간 카페에서 즐기는 커피 한 잔은 일상의 작은 행복이 된다. 비 오는 날이나 습도가 높은 날에는 왜 커피 향이 평소보다 강하게 날까? 그 이유는 공기 중에 미세한 물방울이 더 많기 때문이다. 비가 오거나 습도가 높은 환경에서는 원두를 분쇄하거나 커피를 추출할 때 공기 중에 흩어지는 냄새 분자가 콧속에 잘 달라붙어서 커피 향을 더 잘 맡을 수 있는 것이다. 어느 시인의 시집 제목이기도 한 '비 오는 날에는 커피 향이 더 좋다'는 단지 심리

▮ 비가 오는 날에는 커피가 더 맛있다.

적인 이유가 아니라 과학에 근거한 합리적인 이야기다.

커피 잔을 유심히 본 적이 있는가? 겉은 흰색이나 검은색, 갈색 등 다양하지만, 안은 대부분 흰색이다. 간혹 내부도 검은색으로 된 잔이 있기는 하나, 테이크아웃 컵은 예외 없이 내부가 흰 종이다. 그렇다면 커피 잔과 테이크아웃 컵의 내부는 왜 흰색일까? 커피를 흰 잔이나 컵에 담으면 흰색과 커피의 짙은 갈색이 대비되어 심리적으로 커피가 더 진하게 느껴지고, 시각적으로 커피가 더 맛있어 보이기 때문이라고 한다.

　카페는 기온이 높은 여름에 잘될까, 추운 겨울에 잘될까?
아마 카페를 해본 경험이 없는 대다수 사람들은 추울 때 커
피가 더 생각나니까 겨울이라고 답할 것이다. 그러나 이는
틀린 답이다. 적어도 두 가지 이유 때문에 겨울보다 여름에
카페의 매출이 높다. 첫째, 아이스ice 메뉴가 핫hot 메뉴보다
값이 500원 정도 비싸다. 둘째, 여름에는 평소 커피를 잘 마
시지 않는 사람들까지 무더위를 식히는 시원한 음료로 커피
를 마시기 때문에 주문량이 겨울보다 많다. 내가 운영하는
카페는 여름철(6~8월) 매출이 겨울철(12~2월)보다 20~30퍼

▌그리스의 노천카페

센트 높다.

　카페에서 가장 인기 있는 메뉴는 무엇일까? 매장에 따라 다소 차이가 있지만, 아메리카노가 단연 인기다. 나는 단일 매장에서 2017년 한 해 동안 약 11만 잔의 커피를 팔았는데, 아메리카노가 전체 판매량의 약 45퍼센트인 5만 잔에 달했다. 거의 절반에 가까웠다는 얘기다. 이를 반영이라도 하듯, 최근 시중에 원두를 선택할 수 있는 아메리카노만 파는 매장도 생기고 있다. 그라인더를 여러 대 구비하고, 고객이 여러 원두 중 한 가지를 선택하면 그것으로 에스프레소를 추출해 아메리카노를 만들어준다. 그다음으로 인기 있는 메뉴는 카페라테인데, 전체 판매량의 약 16.6퍼센트를 차지했다. 아메리카노와 카페라테로 전체 판매량의 약 62퍼센트를 올렸으니 두 메뉴가 카페의 기본임을 여실히 보여주는 사례다.

병원에서 진찰 후 약을 처방 받을 때 병명에 관계없이 거의 항상 듣는 말이 있다. "약 복용 중에 술과 커피는 피하세요." 술은 이해가 되는데, 왜 커피를 마시지 말라고 할까? 커피의 카페인 성분이 약리작용을 방해하거나 부작용을 초래하기 때문이다. 처방 받은 약에 많든 적든 카페인이 포함되었을 수도 있다.

성별과 체중에 따라 차이가 있지만, 일반적으로 건강한 성인의 1일 카페인 허용치는 300~400밀리그램이다. 커피 한 잔에 약 100밀리그램의 카페인이 들었다고 가정하면 하루에 서너 잔은 괜찮은 것이다. 그러나 약을 복용 중인 상태에서 커피까지 마시면 카페인 과다로 몸에 무리가 가고, 병에서 회복하는 데 어려움이 따른다. 이런 이유로 약 복용 중에는 커피를 마시지 말라는 것이다.

커피 기호도 성별에 따라 다를까? 화성에서 온 남자, 금성에서 온 여자만큼 다르다. 대개 남자는 아메리카노를 선호하고, 여자는 우유가 들어간 카페라테를 많이 찾는다. 재미있는 것은 남자는 달콤한 캐러멜 소스가 들어간 캐러멜마키아토를, 여자는 초콜릿 소스가 들어간 카페모카를 더 좋아한다는 점이다. 실제로 나의 카페에서 캐러멜마키아토를 주문한 사람 가운데 7할은 남자고, 카페모카를 주문한 사람 가운데 8할은 여자다.

카페에 남자가 두 명 이상 올 때와 여자가 두 명 이상 올때, 메뉴 주문이 어떻게 다를까? 놀랍게도 남자 두 명은 8할 이상 동일한 메뉴를 주문한다. 반대로 여자 두 명은 9할 이상이 서로 다른 메뉴를 주문한다. 나는 남자가 이렇게 행동하는 이유가 군대라는 특수한 집단의 경험에서 비롯된 것이 아닌가 생각한다. 요즘 많이 변하고 있지만, 카페에 남자 여럿이 함께 오면 한 사람이 계산하는 경우가 대부분이다. 더구나 계산하는 사람이 연장자인 경우, 메뉴를 선택할 때 계산하는 사람의 의견이 지배적으로 작용한다. 반대로 여자들은 군대 경험이 거의 없어 상대적으로 개성이 존중되고, 커피를 마실 때도 더치페이가 일반적이어서 본인의 기호에 맞는 메뉴를 고르는 것이 아닐까 싶다.

어떤 음식을 먹었느냐에 따라 입에 당기는 커피가 따로있을까? 나는 이에 대해 개인적인 경험과 매장 운영 중 수많은 고객과 대화를 통해 알게 된 사실이 몇 가지 있다. 기름진 음식을 먹은 뒤에는 아메리카노와 에스프레소가 어울린다. 특히 고기를 배불리 먹었다면, 여간해서는 우유가 들어간 카페라테나 초콜릿 소스까지 가미된 카페모카를 찾는 이는 거의 없을 것이다. 된장찌개나 김치찌개를 먹었다면 어떨까? 우리 음식 특유의 칼칼함이 느껴지는 음식 뒤에는 카페라테와 아메리카노 모두 잘 어울리나, 고소함과 부드러움이 매력적인 카페라테가 더 입에 감긴다. 나는 이를 '커피 페어링coffee pairing'이라고 한다. 해석하면 커피와 잘 어울리는 음식 정도가 되겠다.

점심을 가볍게 먹고 난 오후 4시, 비까지 얌전하게 내리는데 고소한 커피 향이 솔솔 풍기는 카페 옆을 지난다면 문을 열고 들어가라. 창가에 앉아 즐기는 따뜻한 카페라테 한 잔은 적어도 커피가 식기까지 10여 분간, '이 순간 나는 참 행복한 사람이구나' 느끼게 해줄 것이다.

커피의
맛있는 온도

"오월은 금방 찬물로 세수를 한 스물한 살 청신한 얼굴이다" 금아琴兒 피천득 선생의 수필 〈오월〉에 나오는 첫 구절이다. 작가가 찬물이 아니라 더운물이라고 썼다면 오월의 푸르름과 청춘을 표현하는 데 참신하지 않았을 것이다. 어디 글뿐이랴. 커피 역시 온도가 그 맛을 결정하는 데 크나큰 영향을 미친다. 뜨거운 물이 없었다면 애초에 커피는 없었을 것이다. 더운 여름에 인기 있는 콜드브루(일명 더치커피) 또한 상온의 물로 장시간 접촉을 통해 추출되니 물이 차갑거나 뜨겁지 않으면 커피다움을 잃어버린다.

설탕 가루보다 작고 밀가루보다 큰 원두 7~8그램을 9기압에 92도로 20~30초 동안 추출한 커피 원액 20~30밀리리터를 에스프레소라고 한다. 정확히는 에스프레소싱글이다. 적갈색 크레마를 이고 있는 에스프레소는 보기에도 맛깔스럽다. 그러나 맛있는 에스프레소 한 잔의 탄생 과정은 그리

순탄하지 않았다.

익히 아는 대로 대기압은 1기압이다. 물의 끓는점은 기압과 비례하므로, 산에서 라면을 끓이면 100도가 되기 전에 물이 끓어 면이 설익는다. 에스프레소 머신이 9기압으로 커피를 추출하려면 물의 끓는점은 100도가 훨씬 넘고, 추출 시 물의 온도가 높아서 불쾌한 쓴맛과 잡맛이 난다. 1950년대 이후 페마의 달라코르테가 이끄는 기술진이 진일보한 보일러 시스템과 전동 펌프를 장착한 에스프레소 머신을 개발하면서 이 문제가 해결되었다.

에스프레소를 추출한 뒤 따뜻한 물로 희석한 커피를 흔히 아메리카노라고 한다. 오스트레일리아나 뉴질랜드에서는 컵에 물을 붓고 에스프레소를 넣은 음료를 에스프레소의 양에 따라 쇼트블랙(싱글), 롱블랙(더블)이라고 한다. 이때도 물의 온도가 중요하며, 계절에 따라 3단계로 조절하면 커피를 알맞은 온도로 즐기는 데 도움이 된다.

나는 한여름에는 약 80도를 유지하고, 봄가을에는 약 85도, 한겨울에는 약 90도로 물의 온도를 맞춰 아메리카노를 만든다. 여기서 주의할 점은 물의 온도가 90도를 넘지 않는 것이다. 일부 카페에서는 계절에 관계없이 온수기hot water dispenser 물의 온도가 95도로 맞춰져 있는데, 고객이 커피를 마시다가 화상을 당할 수 있을 뿐 아니라 물이 너무 뜨거우면 커피의 복합적인 맛을 느끼기에 부적합하다.

핸드 드립은 어떤가? 원두의 볶음도와 표현하려는 쓴맛이나 신맛 정도에 따라 추출하는 온도를 달리해야 한다. 편의상 원두의 볶음도를 약·중·강으로 나눠 설명하면, 약하게 볶았을 때는 신맛이 많이 나기 때문에 그 맛을 즐기기 위해서 물은 약 80도가 적당하다. 반대로 신맛을 누르고 쓴맛을 느끼고 싶다면 약 90도의 물로 커피를 추출해야 한다.

강하게 볶았을 때도 마찬가지다. 커피 특유의 쓴맛을 즐기고 싶다면, 약 90도의 물로 커피를 추출한다. 역으로 쓴맛

을 누르고 신맛을 즐기고 싶다면 80도로 한다. 물론 너무 강하게 볶은 원두에서 물의 온도 조절로 신맛을 느끼기란 쉽지 않다.

중간으로 볶았을 때 물의 온도 조절로 커피의 복합적인 맛을 즐기기에 적당하다. 약 80도의 물은 신맛을 강조할 때, 약 85도의 물은 신맛과 쓴맛을 즐기기에 적합하고, 약 90도의 물은 쓴맛을 표현하고 싶을 때 좋다. 이렇듯 핸드 드립에서 물의 온도는 커피의 신맛과 쓴맛을 조절할 때 필수적인 조건이다.

대기압 상태에서 상온의 물로 장시간 접촉을 통해 커피를 추출하는 콜드브루는 그 방법에 따라 점적식과 침출식으로 나뉜다. 점적식은 우리가 흔히 보듯이 분쇄한 원두에 물을 한 방울씩 떨어뜨려 커피를 추출하는 방법이다. 침출식은 분쇄한 원두에 물을 부어 장시간 두면, 물이 커피 가루를 적시다가 결국 추출되는 방법이다. 여기서 중요한 것은 물의 온도다. 뜨거운 물로 커피를 추출한다면 콜드브루라고 할 수 없을 것이다. 커피가 추출되는 대기의 온도라고 할 상온의 물로 커피를 추출해야 쓴맛이 덜하고, 입안에 청량감이 감도는 커피를 얻을 수 있다. 최근에는 콜드브루라는 이름에 충실하기 위해서인지 아예 얼음물로 커피를 추출하는 카페도 늘고 있다.

　　따뜻한 카페라테를 만들 때 우유를 데우는 스티밍 과정을 거친다. 대개 냉장고에 있는 우유의 온도는 5~7도다. 이 우유를 에스프레소 머신의 스팀 노즐에서 나오는 수증기와 파장, 진동으로 데우고 섞는다. 그럼 우유를 몇 도까지 데워야 할까? 추운 겨울이면 카페라테를 주문한 고객이 하나같이 하는 말이 있다. "사장님, 우유를 아주 뜨겁게 해주세요." 무조건 뜨겁게 해달라는 것이다. 죄송한 말씀이지만, 커피가 추운 날씨에 언 손과 몸을 녹이는 용도가 아니라면 카페라테의 온도는 맛에게 양보해야 하지 않을까. 가장 이상적

인 스티밍 온도는 60~70도다. 그보다 낮으면 우유의 비릿함
이 느껴지고, 그보다 높으면 텁텁한 맛이 난다. 일부 바리스
타들은 정확한 스티밍 온도를 구현하기 위해 온도계를 밀크
저그에 꽂고 우유를 데우기도 한다.

전날 마시다 남은 아메리카노를 차에 놓고 간 적이 있다.

다음 날 아침, 차에 올라 무심코 커피를 마시고 대개 우리는 두 가지 반응을 보인다. "와, 커피가 식었는데도 맛있네." "엥, 이게 뭐야. 어제와 달리 쓰기만 하잖아." 그렇다, 커피의 진정한 맛은 식었을 때 알 수 있다. 마치 화장을 지운 여성의 민낯과도 같다. 평소 화장한 얼굴만 보다가 어느 날 우연히 길에서 마주친 그녀의 민낯을 보고 역시 두 가지 반응을 보일 것이다. "누구…세요?" "와! 화장을 지운 얼굴에서 빛이 나네." 민낯이 아름다운 여성이 진짜 미인인 것처럼, 식었을 때 맛있는 커피가 진짜 맛있는 커피다.

카페에 가면 우유를 뜨겁게 데워달라고 하지 말고, 바리스타에게 맡겨보자. 적어도 제대로 된 바리스타라면 고객에게 맛있는 커피를 대접하기 위해 정성을 다할 것이다. 그가 내온 커피에 믿음을 갖고 적절한 온도의 커피 맛을 즐기기 위해 마음을 열어야 한다. 아메리카노를 주문했다면 커피를 한 번에 다 마시지 말고 조금 남겨 식었을 때 마셔보자. 청량감이 도는 신맛, 기분 좋은 쌉쌀한 쓴맛, 풍부한 바디감까지 느껴진다면 그 카페는 의심할 나위 없이 민낯조차 맛있는 집이다.

결국 커피도
손맛이다

어린 시절 엄마가 연탄불에 끓인 뚝배기 된장찌개는 참 구수하고 칼칼했다. 짜지도 싱겁지도 않은 특유의 감칠맛은 엄마만 낼 수 있는 솜씨였다. 엄마는 아빠가 몹시 그리우셨는지 4년 전 하늘나라로 돌아올 수 없는 소풍을 떠났다. 아내가 끓인 된장찌개도 맛있지만, 예전 엄마의 것보다 못하다. 설령 엄마가 레시피를 남겼다고 해도 아내가 그 맛을 그대로 내기란 불가능할 것이다. 엄마의 손맛까지 담을 순 없기 때문이다. 딸아이는 아내의 된장찌개를 엄마의 손맛으로 기억할 것이다. 그렇게 우리는 엄마의 손맛을 가슴속에 간직하고 산다.

된장찌개만 손맛이 있는 것이 아니다. 커피도 손맛이 있다. 간혹 손님들은 "왜 사장님이 내리는 커피와 직원들이 뽑아내는 커피 맛이 다른가요?"라고 묻는다. 핸드 드립은 그렇다 쳐도 원두의 굵기와 양이 세팅된 전자동 그라인더와 에

■ 물보다 에스프레소를 나중에 부으면 보기에도 먹음직스럽다.

스프레소 머신으로 추출한 커피 맛이 다르다는 데 일부 독자는 의아할지도 모르겠다. 그러나 커피 좀 마신다는 분들은 "맞아" 하며 고개를 끄덕일 것이다.

　독자의 이해를 돕기 위해 아메리카노를 예로 설명한다. 물론 원두의 종류, 그라인더의 분쇄 굵기와 시간, 에스프레소 머신의 추출 버튼 세팅은 동일하다는 점을 전제로 한다. 이제 바리스타의 능력이 미치는 부분은 분쇄된 원두를 포터필터에 담는 것, 탬핑의 세기, 탬핑 시 수평 여부, 탬핑 후 포터필터를 머신에 장착할 때 걸리는 시간, 장착 후 추출 버튼을 누르는 데 걸리는 시간, 뜨거운 물의 양, 컵에 물을 먼저 붓느냐 나중에 붓느냐 정도다. 여기서 한 공정만 잘못돼도 커피 맛이 달라진다. 다만 개인마다 맛의 차이를 느끼는 역치가 다르기 때문에 모든 사람이 맛의 차이를 감지할 수 있는 것은 아니다.

　분쇄된 원두를 포터필터에 담을 때 일부를 흘리면 추출 시간이 짧아질 수 있어 과다 추출의 원인이 되기도 한다. 포터필터에 담은 커피 가루를 탬퍼를 사용해 수평으로 맞추는 행위를 탬핑이라고 하는데, 누르는 힘의 세기에 따라 과소 혹은 과다 추출의 원인이 된다. 수평을 맞추지 못하면 가해지는 압력은 동일한데 포터필터 내 특정 부분에 커피 가루의 양이 달라 커피 맛이 달라질 수도 있다.

▌ 탬핑할 때 누르는 힘
과 수평이 커피 맛에 영
향을 미친다.

▌ 휘핑기로 커피에 크
림을 올리고 있다.

탬핑 후 포터필터를 머신에 바로 장착해야 하는데, 초보자는 불필요한 행동을 하느라 시간을 낭비한다. 통상적으로 탬핑 후 포터필터를 머신에 장착하는 시간은 4초를 넘지 말 것을 권고한다. 일부 바리스타는 포터필터를 머신에 장착한 뒤 샷잔이나 벨크리머bell creamer를 준비하느라 시간을 허비하기도 한다. 이 또한 커피 맛에 영향을 주기 때문에, 장착 후 바로 추출 버튼을 누르고 샷잔이나 벨크리머를 준비해야 한다. 포터필터에 정량의 원두를 담고 탬핑 같은 과정이 완벽했다면, 추출 버튼을 누르고 3~4초 뒤 에스프레소가 추출되기 시작한다.

아메리카노에서 농도는 커피의 진하고 흐린 정도를 결정하기 때문에 무엇보다 중요하다. 추출까지 잘해놓고 물의 양을 맞추지 못하는 것은 다 된 밥에 재 뿌리는 격이다. 카페마다 쓰는 종이컵의 크기가 다르고, 맞추는 물의 양 또한 다르다. 따라서 아메리카노를 만들 때 정한 물의 양을 맞추지 않으면 바리스타마다 커피 맛이 다를 수 있다. 컵에 물을 먼저 붓느냐, 에스프레소 샷을 먼저 넣고 나중에 물을 붓느냐에 따라서도 커피 맛이 달라진다.

커피 한 잔을 만드는 데 사람의 손이 이렇게 많이 간다는 점에 일부 독자는 적잖이 놀랐을 것이다. 맛있는 커피 한 잔은 바리스타의 섬세한 손길과 복잡한 공정 뒤에 탄생하기에, 들어가는 원두와 우유 양으로 커피 원가를 계산하는 것은 그림 원가를 캔버스와 물감의 양으로 생각하는 것과 마찬가지다. 바리스타는 자신이 무심코 한 행동이 고객의 하루를 망칠 수 있다는 점을 명심하고, 정확한 추출을 위해 순간순간 정성을 다해야 한다. 고객도 자신이 들고 있는 커피 한 잔이 기계 버튼 하나만 누르면 완성되는 것이 아니라, 숙련된 바리스타의 여러 동작이 만들어낸 작은 예술품이라는 점을 알아줬으면 좋겠다.

요즘 대형 커피 프랜차이즈마다 자동화가 한창이다. 그들이 대외적으로 내건 기치는 한 가지다. 바리스타들의 실력 차이로 고객에게 일정 수준 이상의 균질한 커피 맛을 제공할 수 없기 때문에 자동화를 한다는 이야기다. 이 또한 부정할 수 없는 사실이나, 본질은 자동화로 인건비와 직원을 교육하는 데 드는 비용을 절감할 수 있기 때문이다. 자동화 시스템을 구축하는 데 초기 투자비가 꽤 크고, 유지비와 보수비도 적지 않아 커피 값이 떨어지는 일은 없을 것으로 보인다.

결국 피해는 고객에게 돌아온다. 사람의 손맛은 점차 사라지고, 공장에서 찍어낸 것 같은 커피를 손에 쥘 수밖에 없기 때문이다. 나는 여기에서 작은 카페가 가야 할 길을 발견한다. 대형화·자동화되는 현실에서 소규모지만 질 좋은 커피를 제공하는 카페, 바리스타의 손맛이 고스란히 녹아든 맛있는 커피를 제공하는 카페가 고객의 사랑을 받을 것으로 보인다.

바리스타의 처우 개선도 시급한 문제다. 자신이 하는 일에 자부심이 있어야 열심을 다할 수 있는데, 자부심은 일의 성격뿐만 아니라 처우와 보상에 따라 생긴다. 적은 시급으로 비용을 줄이기보다 숙련도 높은 직원을 채용하고 일에 대한 동기를 부여해야 고객에게 손맛이 좋은 커피를 제공할 수 있다. 이것이 중소형 카페의 경쟁력이자, 무한 경쟁 커피 시장에서 살아남는 길이다.

커피 하는 즐거움,
로스팅을 말하다

제주도 애월에 터를 잡은 이효리·이상순 부부가 민박을 운영하며 사는 모습을 꾸밈없이 보여주는 〈효리네 민박〉은 내가 즐겨 보는 예능 프로그램이다. 내가 본 가장 인상적인 장면은 아침에 이상순이 이효리를 깨우기 위해 두 손으로 두피 마사지를 해주면서 이제 일어나라고 귀에 속삭이는 것이었다. 많은 여성들이 '심쿵' 할 만하다. 이상순이 핸드 드립으로 커피를 내리는 장면에서는 과거 아내와 연애할 때 "결혼하면 향긋한 커피 향으로 아침에 깨워주겠다"고 한 약속이 떠올랐다.

결혼한 뒤 몇 번은 그 약속을 지켰다. 갓 볶은 원두를 핸드 밀로 갈아서 종이 필터에 담고 뜨거운 물을 부으면 커피 향이 집 안 구석구석까지 퍼졌다. 그러나 아내가 커피 향 때문에 일찍 일어난 적은 없다. 이상과 현실은 좀 달랐다. 어쩌면 커피 효과가 없었기에 로맨틱한 약속을 계속 지키지 못한

것은 아닐까.

핸드 드립은 물론이고 집에서 생두를 직접 볶는 '홈 로스 팅'이 인기다. 인터넷에서 몇만 원대 수망부터 20만~30만 원대 전기 로스터기까지 다양한 상품이 판매된다. 한 걸음 더 나아가 직접 로스터기를 제작해 블로그에 올리는 '자작 로스터족'도 점차 늘어간다. 대단한 커피 사랑이다. 내 주변 에도 홈 로스팅을 하는 지인들이 있다. 비록 그들이 전문적 으로 로스팅을 배운 적은 없지만, 실력은 전문가 못지않은 경우가 있다. 어느 때는 그들이 볶은 커피를 맛보고 감탄이 절로 나온다.

▌ 로스터기의 샘플러로 볶음 상태를 확인하고 있다.

▌ 로스팅이 끝난 원두가 블렌더로 쏟아지고 있다.

▌ 로스팅이 끝난 원두

간혹 커피를 와인에 비교하곤 한다. 바리스타에 해당하는 것이 소믈리에다. 알다시피 소믈리에는 세계 각양각색의 와인에 대한 깊이 있는 공부와 테이스팅을 바탕으로 개인 취향에 맞는 와인을 추천해주는 사람이다. 그렇다면 와인에서 커피의 로스터에 해당하는 직업은 무엇일까? 와이너리(포도주 양조장)에서 술을 빚는 장인이 로스터에 해당하지 않을까. 밭에서 수확한 포도 알갱이를 으깨고 발효해 선홍색 와인을 만드는 사람 말이다. 로스터는 커피 농장에서 수확한 생두를 그 특징에 맞게 볶아서 추출이 가능한 상태로 만든다. 이렇게 보면 와이너리의 장인은 바리스타와 로스터 역할을 동시에 한다고 볼 수 있다.

일반적으로 술은 '빚다brew', 커피는 '추출하다extract'라고 표현한다. 그러나 커피에서 추출은 에스프레소 머신을 통해 고온·고압으로 짧은 시간에 커피를 뽑아낼 때 적합한 표현이다. 커피도 빚는다고 표현할 때가 있다. 핸드 드립으로 커피를 내릴 때와 장시간 동안 상온의 물과 커피 가루의 접촉을 통해 더치커피를 내릴 때는 빚는다고 하는 것이 맞다. 실제로 서양에서는 '커피 브루잉brewing'이라는 표현을 많이 사용한다.

와인은 한 가지 포도 품종으로 빚기도 하지만, 통상 두 가지 이상을 섞어 맛의 조화를 추구한다. 혹자는 단일 품종으로 빚은 와인을 남성적이라고 하고, 두 가지 이상으로 빚은 와인을 여성적이라 표현한다. 이것은 커피에도 동일하게 적용된다. 커피 블렌딩 역시 생두를 두 가지 이상 섞는다. 생두 품종을 두 가지 이상 섞을 때 비로소 균형 잡히고 조화로운 맛을 낸다고 믿기 때문이다. 흔히 단종이라고 하는 싱글 오리진은 직구 같은 커피다. '모 아니면 도'라는 식이다. 훌륭한 커피가 나올 수도 있지만, 사람에 따라 호불호가 명확하게 갈릴 수 있다는 단점도 있다. 그래서 두 가지 이상의 생두를 블렌딩하고 볶는 것이다.

블렌딩하고 볶기도 하지만, 각각의 생두 특징에 맞게 볶은 뒤 사전에 정한 비율로 블렌딩하기도 한다. 전자는 '선 블렌딩 후 로스팅'이라 하고, 후자는 '선 로스팅 후 블렌딩'이라 한다. 전자의 장점은 로스팅을 한 번에 끝낼 수 있기 때문에 시간과 노동력을 절약할 수 있다는 것이다. 반면 각각의 생두 특징을 살린 로스팅 포인트를 잡기 어렵다는 단점이 있다. 후자의 장점은 생두마다 특징을 살려 로스팅 포인트를 잡을 수 있다는 것이다. 그러나 로스팅을 여러 번 해야 하므로 대량으로 로스팅할 때는 시간과 비용이 많이 든다는 단점이 있다. 대개 상업적으로는 선 블렌딩 후 로스팅 방식을 쓴다.

홈 로스팅은 본인이 직접 생두를 볶아 신선한 커피를 마실 수 있다는 것이 가장 큰 장점이다. 로스팅을 하는 행위 자체가 즐겁고 멋스럽다는 것도 간과할 수 없다. 본인이 좋아하는 생두 몇 가지를 직접 볶고, 블렌딩 비율을 달리함으로써 세상에 없는 커피 맛을 낼 수 있다는 점은 홈 로스팅의 매력이다. 지금은 좀 수그러들었지만, 문재인 대통령이 즐겨 마신다는 '문 블렌드Moon Blend'가 한창 인기를 끌었다. 콜롬비아 4, 브라질 3, 에티오피아 2, 과테말라 1의 비율로 원두를 섞은 것으로, 그 맛과 관계없이 문재인 대통령을 멋스럽게 만드는 데 일조했음은 부정할 수 없는 사실이다.

어쩌면 〈효리네 민박〉에서 이상순이 생두를 한 줌 집어 수망에 넣고 볶는 모습을 볼 수 있을지도 모르겠다. "우리 효리가 좋아하는 블렌딩이에요. 요즘은 커피 볶는 향으로 효리를 깨운답니다." 비록 닭살이 돋고 두 손이 오글거리겠지만, 캐러멜마키아토처럼 달콤한 그들의 모습에 대리 만족할 여성도 많을 것이다. 남편이나 아내가 좋아하는 블렌딩이 있다면 그의 이름을 따서 블렌드 이름을 만드는 재미도 쏠쏠할 듯하다. 남편이나 아내 이름이 붙은 세상에 하나뿐인 커피 봉투를 볼 때마다 단조로운 일상에서 오는 피로감이 한결 줄어들지 않을까.

얼마 전 과테말라 생두를 볶던 중 로스터기 호퍼의 투입구가 열린 줄 모르고 예카체프를 부어 두 생두를 의도하지 않게 블렌딩한 셈이 됐다. 그동안 수천 번 로스팅을 했지만, 이런 실수는 처음이었다. 순간 당황스러웠으나, '안 되면 나라도 마시자'는 심정으로 계속 볶았다. 일주일쯤 지났을 때 커피를 추출했는데, 지금까지 경험하지 못한 고소하고 부드러운 맛이 매력적이었다. 나는 이 블렌딩을 상품화하기로 결정하고, '인생커피'라는 이름을 붙였다. 블렌딩의 실수는 때로 3M의 포스트잇만큼은 아니지만, 뜻밖의 즐거움을 주기도 한다(원래 포스트잇은 강력한 접착제를 만들려다 엔지니어가 원료 배합을 잘못해서 만들어진 실패작이다). 이 맛에 가만히 있어도 등줄기에서 땀이 줄줄 흐르는 무더운 여름, 로스터기가 뿜어내는 후끈한 열기를 온몸으로 맞으며 커피를 볶는 것이다.

나는 왜
커피를 하는가

    얼마 전 한 조사 기관에서 20~30대 남녀 1500명을 대상으로 설문 조사한 결과, 직장인 10명 가운데 7명이 창업을 꿈꾸는 것으로 나타났다. 가장 인기 있는 업종은 카페와 베이커리고, 음식점을 비롯한 외식업이 그 뒤를 이었다. 두 업종이 60퍼센트에 가까운 비율을 차지했는데, 이는 젊은 사람들이 먹는장사에 얼마나 큰 관심이 있는지 보여주는 단적인 예다. 특히 카페에 대한 관심이 예나 지금이나 가장 높다는 점에 주목할 필요가 있다.

    왜 젊은 성인 남녀뿐 아니라 중·장년의 퇴직자도 카페 창업을 고려하는 것일까? 무엇보다 커피가 주는 기쁨 때문이 아닌가 싶다. 완성된 커피는 향기를 맡을 때 한 번, 커피를 마실 때 또 한 번 행복감을 준다. 커피 한 잔을 앞에 두는 것만으로도 편안함과 여유가 느껴진다. 뜨거운 커피에는 시간을 두고 음미하면서 즐기라는 의미가 숨어 있다.

커피를 마시는 즐거움을 넘어서는 것은 바로 커피를 만드는 유희遊戱다. 맛있는 커피 한 잔을 만들기 위해서는 몇 단계 과정을 거치는데, 시각적이고 후각적인 쾌감을 맛볼 수 있다. 생두는 볶는 과정에서 특유의 고소하고 구수한 향이 난다. 로스터는 옅은 그린에서 짙은 브라운으로 변하는 커피를 보며 희열을 느낀다. 원두는 분쇄 시 미세한 가루가 공중으로 흩어지면서 드라이한 커피 향을 만들어내는데, 이때 커피 가루가 축축한 코에 흡착하면서 향기를 맡게 된다.

추출 역시 오묘한 감정을 불러일으킨다. 핸드 드립을 예로 들어보자. 분쇄한 커피 가루에 물을 부으면 볶은 지 얼마 안 된 신선한 원두는 빵처럼 부풀어 오른다. 이를 '커피 빵'이라 한다. 이윽고 추출되는 커피를 바라보노라면 그 자체로 마음이 치유되는 것 같다. 커피를 만드는 자에게 가장 큰 기쁨은 무엇보다 커피를 받아 든 사람이 만면에 미소를 지으며 맛있게 커피를 마실 때다.

사람들이 카페 창업에 관심을 갖는 둘째 이유는 커피의 상징성에 있다. 휴식 시간을 영어로 '커피 브레이크'라고 한다. 휴식은 일을 잠시 멈추고 쉬는 것인데, 이때 커피를 마시며 쉬라는 것이다. 커피 브레이크는 대개 15분이다. 세상에 '알코올 브레이크'라는 말은 없다. 술은 일하는 중간에 마시는 것이 아니라 일을 마치고 즐기기 때문이다.

경험적으로 알듯이 커피는 사람을 각성시켜 일에 집중하게 하지만, 술은 사람의 신경을 무디게 하고 몽롱한 상태로 만들기 때문에 술에 취해 일을 계속하기란 여간 어려운 일이 아니다. 커피에 브레이크라는 단어가 붙는다면, 술에는 파킹이란 단어가 어울린다. 즉 술은 모든 주행이 끝나고 마시는 것이라는 의미에서 '알코올 파킹' 하면 일을 끝내고 마시는 술 한잔 정도로 해석할 수도 있다. 물론 세상에 이런 단어는 없다.

셋째 이유는 커피의 확장성이다. 커피는 빵과 가장 잘 어울린다. 예전에는 빵집에서 커피를 사이드 메뉴로 제공했지만, 이제는 커피가 빵만큼 매출에서 큰 비중을 차지한다. 사람들은 빵을 먹을 때 자연스럽게 커피를 찾는다. 바늘 가는데 실 가는 것과 같은 이치다. 반대로 커피를 마실 때 꼭 빵을 찾는 것은 아니다. 커피는 파이와 쿠키, 케이크와도 궁합이 잘 맞는다. 달콤한 조각 케이크를 먹으면서 마시는 따끈한 아메리카노 한 잔은 입안을 개운하게 해줄 뿐 아니라, 단맛과 쓴맛이 미각을 자극해서 맛을 한결 더해준다. 이런 이유로 베이커리 카페가 예비 창업자들에게 인기다.

커피의 확장성은 여기서 그치지 않는다. 인터넷에 '커피와 인문학'이라는 검색어를 입력하면 수많은 블로그와 사이트가 나온다. 커피가 인문학사에서 차지하는 의미를 강의로 만든 것인데, 커피 한 잔에 이런 의미가 있었나 싶을 정도로 흥미를 끄는 내용이 많다. 이렇듯 커피의 확장성은 사람들이 미처 생각하지 못하는 곳까지 뻗어 나간다.

사람들이 카페에 상대적으로 호의적인 태도를 보이는 것은 카페라는 공간이 주는 청결함이 한몫한다. 치킨집이나 중국집, 다른 음식점은 음식을 만드는 과정과 잔반에서 나오는 음식물 찌꺼기가 말도 못하게 많다. 이를 처리하는 것 자체가 위생과 거리가 멀고, 육체적으로도 힘이 든다. 하지

만 카페에서 나오는 쓰레기라고 해봐야 커피를 추출하고 남은 원두 찌꺼기, 빈 우유 팩, 종이컵, 손님이 먹다 남긴 조각 케이크나 쿠키 등이 전부다. 음식물 쓰레기가 없으니 고약한 냄새도 없다. 참고로 원두 찌꺼기는 음식물 쓰레기가 아니라 생활 폐기물이기 때문에 생활 폐기물용 쓰레기봉투에 버려야 한다. 이런 이유로 카페 창업이 20~30대 여성의 로망에 이름을 올리는 것이다.

이외에도 사람들이 카페 창업을 원하는 이유는 다른 직업군에 비해 힘이 덜 들 것 같다는 점, 카페를 하면서 다른 일을 병행할 수 있다는 기대감 등이 뒤를 잇는다. 나 역시 위에서 언급한 커피가 주는 매력에 빠져 하던 일을 그만두고 커피를 배운 뒤 카페를 창업했다. 지금까지 수많은 시행착오와 우여곡절을 겪었지만, 내가 커피를 업業으로 삼은 것에 후회한 적은 한 번도 없다. 지금 이 글을 쓰는 순간도 컴퓨터 자판 곁에는 김이 모락모락 피어오르는 향긋한 커피 한 잔이 있다.

카페가 예비 창업자의 1순위 아이템에 오르기도 하지만, 반대로 "카페는 이제 끝물"이라는 말이 사람들 사이에서 오르내린 지 오래다. 나는 이것을 역으로 생각하고 싶다. 무엇이 끝물이라고 하면 그 시장이 그만큼 성숙했다고 볼 수 있다. 커피를 마시는 사람이 많아졌다고 봐야 한다. 이제 진짜 승부가 남은 것이다.

삼겹살이나 김치찌개, 순댓국을 파는 집에 끝물이라는 표현은 쓰지 않는다. 그 이유는 이미 검증받은 아이템이고, 사람들이 많이 찾는 음식이기 때문이다. 커피 역시 그런 단계로 진입했다고 볼 수 있다. 술을 끊는 사람은 있어도 커피를 끊었다는 사람은 별로 없다. 커피의 중독성 때문이기도 하지만, 상대적으로 커피의 해악이 크지 않고 커피가 주는 기쁨이 크기 때문이다.

이 글을 읽는 독자 중에도 언젠가 나만의 카페를 만들고

자 하는 이들이 있을 것이다. 우선 맛있는 커피를 많이 마시고, 틈틈이 커피 관련 서적이나 커피 전문가를 가까이하면서 커피에 대한 지식을 쌓고 안목을 길러야 한다. 그리고 커피를 마시는 것보다 커피를 만들고 남에게 봉사하는 것이 본인에게 행복감을 주는지 자문해보자.

커피 음미하며 마시기

2

커피는 인문학의 주제가
될 수 있을까?

　최근 인문학 열풍이 거세다. 너도나도 인문학에 대해 관심을 갖다 보니 온갖 인문학 강좌가 인터넷과 오프라인에 성업 중이다. 그럼에도 인문학이라는 용어가 아직 익숙지 않고, 왠지 고답적인 것 같아 많은 사람들이 어려워한다. 《교육학 용어사전》에 따르면, 인문학이란 인간의 사상과 문화를 대상으로 하는 학문 영역이라고 정의되었다. 즉 객관적인 자연현상을 다루는 자연과학과 대비되는 개념으로, 인간 문제에 대해 연구하는 학문이다.

　그렇다면 커피는 인문학의 주제가 될 수 있을까? 비록 커피는 인문학의 영역이 아니지만, 그와 관련해 파생된 근대의 사회현상은 인문학의 범주에 포함된다. 인문학의 주요 연구 영역은 역사학, 철학, 종교학, 기독교 신학, 가톨릭 신학, 문학, 언어학이다. 고대 그리스·로마 시대에는 음악, 기하학, 산술, 천문학, 문법, 수사학, 논리학 등이 인문학의 범

주였다.

2012년 서울대학교 비교문화연구소에서 발행한 학술지 《비교 문화 연구》에 실린 경북대학교 김춘동 교수의 논문 〈음식의 이미지와 권력 : 커피를 중심으로〉에 다음과 같은 설명이 나온다. "생필품이 아닌 기호품이 이렇게 세계적으로 대량 거래되고 소비되는 상품은 유례를 찾기 힘들다. 음식으로서 커피 그리고 상품으로서 커피가 이렇게 성공할 수 있었던 것은 인류가 커피를 마시기 시작한 이래 각 시대의 정치적·사회적·경제적 요구에 의해 지속돼온 이미지화의 노력 덕분이었을 것이다." 미국의 저명한 기업가 벤 코헨Ben Cohen은 1933년 Coffee and Tea 연설에서 "커피는 매우 정치적인 상품"이라고 했다.

즉 인류사에서 커피의 위상과 그 의미를 이해하기 위해서는 식음료로서 커피뿐만 아니라, 커피가 근대의 사상과 문화에 어떤 영향을 끼쳤는지 살펴볼 필요가 있다. 커피는 7세기 에티오피아 카파 지방에서 칼디라는 목동이 처음 발견하고, 8세기경부터 예멘에서 경작을 시작한다. 그 후 커피는 중동과 북아프리카로 점차 확산되고, 십자군 전쟁(11~13세기)이 발발하면서 유럽에 전해진다. 전세가 불리해진 이슬람 군대는 전쟁 물자로 쓰던 커피를 전쟁터에서 미처 챙기지 못하고 퇴각하는데, 십자군이 우연히 발견해 음용하면서 그 진가를 알게 된다. 17세기 초 베네치아 상인이 커피 교역을 하면서 커피는 유럽의 부호와 지성인에게 귀하고 인기 있는 음료로 자리 잡아간다.

당시 커피의 매력은 맛보다 향이었다. 사실 그보다 중요한 것은 카페인의 각성 효과다. 커피에 카페인이 없었다면 지금처럼 전 세계적으로 사랑받는 음료가 될 수 있었을까. 사람이 모인 곳에는 어김없이 커피가 있었고, 커피가 있는 곳에 사람들이 모였다. 근대 유럽의 음악인이나 미술인, 문인, 정치인은 때때로 카페에서 머리를 맞대고 밤새워 토론했고, 그 결과 이전에 없던 새로운 것들이 세상에 나왔다. 각성의 음료 커피가 없었다면 그들이 밤늦도록 창작욕을 불태울 수 있었을까.

음악의 성인이라 불리는 베토벤은 얼마나 가난했는지 일생 동안 이사를 서른아홉 번이나 했다고 한다. 우리나라의 경찰과 군인 간부가 이사를 많이 한다는 이야기는 들었으나, 베토벤보다는 못할 것이다. 공무가 아니라 단지 가난 때문에 피아노 세 대와 함께 이사해야 했다니 측은함마저 느껴진다. 어쩌면 그에게 가장 큰 고통은 점점 잃어가는 청력보다 가난이 아니었을까. 그런 그에게도 포기할 수 없는 한 가지가 있었으니 바로 음악이다. 일생을 독신으로 산 베토벤에게 음악을 가능케 한 것은 항상 곁에서 친구와 애인이

■ 루트비히 판 베토벤

되어준 커피다.

그가 얼마나 커피에 집중하고 의지했는지 친구인 작곡가 베버의 기록에서 엿볼 수 있다. "방 안이 온통 악보와 옷으로 어질러졌으나, 테이블에는 악보 용지 한 장과 끓는 커피가 있었다." 베토벤은 음악만큼이나 커피에도 지독한 완벽함을 추구한 것 같다. 아침 식사를 위해 준비한 커피에 정확히 원두 60알을 사용했다고 한다. 놀라운 것은 에스프레소 머신으로 한 잔의 커피를 추출하기 위해 사용하는 원두의 양이 7~8그램으로, 이를 헤아리면 55~65알이다.

한 가지 아쉬운 점은 그가 왜 일생 동안 커피 음악을 한 곡도 작곡하지 않았느냐는 것이다. 누군가 과거 바흐에게 그랬듯이 그에게 커피 하우스에서 연주할 곡을 의뢰했다면 어땠을까. 아마 우리는 베토벤의 '커피 소나타'나 '커피 교향곡'을 감상하며 맛있는 커피 한 잔을 즐기는 호사를 누렸을지도 모른다. 참으로 안타까운 일이다.

에른스트 곰브리치Ernst Gombrich의 《서양미술사》에 따르면, 끝없는 변혁의 시기인 19세기에는 글레르나 코플리처럼 성공한 이른바 '관전파 화가'와 죽은 뒤에야 진가를 인정받은 마네와 고흐, 고갱처럼 '이단자 화가'가 공존했다. 당시 프랑스 파리에서 활동한 수많은 화가들이 카페에서 커피를 즐겼고, 그것에 의지해 빛나는 작품을 남겼다. 그들 가운데 눈여겨볼 두 사람이 고흐와 고갱이다.

열대가 자신의 화실이라고 믿은 고갱에게 마르티니크나 남태평양의 섬은 접근하기 어려운 이상향이었다. 아를은 그에게 현실적인 대안이었다. 더구나 궁핍한 생활을 근근이 이어가던 그는 고흐의 동생 테오의 제안을 거절하기 쉽지 않았다. 평소 고갱의 미술 세계를 흠모한 고흐는 테오가 고갱의 빚을 대신 갚고 생활비를 일부 대주는 조건으로 고갱을 만날 수 있었다. 두 사람은 1888년 10월 23일부터 12월 23일까지 프랑스 남부의 작은 도시 아를의 옐로 하우스에 살면서 작업에 몰두했다.

집 근처에 위치한 '드 라 가르De La Gare'는 아를에서 유일하게 24시간 운영하는 카페다. 고흐와 고갱은 카페를 화실 삼아 그림을 그렸고, 밤새 카페에서 서로의 그림 세계에 대해 이야기했다. 마틴 게이포드Martin Gayford가 쓴《고흐 고갱 그리고 옐로 하우스》에 다음과 같은 부분이 있다. "옐로 하우스에서 아주 가까운 곳에 있던 이 카페는 밤에 그들이 외출한 장소다. 옛날에 빈센트는 밤이 되면 그곳에서 편지를 읽거나 편지를 썼다. 고갱 역시 그곳에 자주 갔다."

고흐는 〈밤의 카페〉를, 고갱은 〈밤의 카페, 아를〉을 남겼는데, 두 작품은 그들이 즐겨 찾은 카페 드 라 가르를 소재로 한 것이다. 카페는 따뜻한 커피 한 잔과 얼큰한 술이 제공되는 공간이었을 뿐만 아니라, 고향을 떠나 외로운 그들에게 말벗이 되어준 여주인 조제프 지누Joseph Michel Ginoux가 있는 또 다른 삶의 안식처였다.

■ 폴 고갱

　커피 음미하며 마시기

▌ 고흐와 고갱이 함께 살았던 옐로 하우스

커피가 없었다면
위대한 작가도 없었다

열 달 동안 아기를 배 속에 품어 기른 산모에게는 미안한 얘기지만, 작가들은 글 쓰는 고통을 산통에 비유하곤 한다. 술은 잠시 고통을 잊게 하고 위안을 주지만, 술로 글을 이어 갈 수는 없다. 반면 커피는 쉼표와 같아서 복잡한 머릿속을 정리할 시간을 준다. 신은 카페인에 민감해 커피를 마실 수 없는 작가들을 위해, 커피에게 향도 준 것이 아닌가 한다. 내가 아는 한, 맛이 좋은 차 가운데 향이 없는 것은 있으나 맛있는 커피 가운데 향이 없는 것은 없다. 이것이 차와 커피가 다른 점이다.

《고백록》《에밀》《사회계약론》 등을 집필한 장 자크 루소(1712~1778)는 볼테르와 더불어 1789년 일어난 프랑스혁명의 사상적 근간을 만들었다. 루소의 어머니는 그를 낳고 9일 만에 숨졌다. 그 때문인지 루소는 평생 프랑스와 스위스를 오가며 끊임없는 방황과 유랑을 했다. 아이러니하게도 그

시간이 그를 깊이 사유하게 했고, 그의 사상적 기반을 탄탄
하게 했음은 부정할 수 없는 사실이다.

루소의 대표작 《에밀》은 근대적 교육론에 관한 저서로, 당시 '육아의 바이블'과 같았다. 그러나 루소는 젊은 세탁부 테레즈와 사이에서 낳은 다섯 명의 사생아를 고아원에 맡겼다. 과학적 사회주의와 공산주의의 창시자 카를 마르크스가 가정부의 월급을 십수 년 동안 주지 않은 아이러니처럼 말이다.

평소 커피 마시는 것을 좋아한 루소는 프랑스 최초의 카페로 유명한 '르 프로코프Le Procope'의 단골손님이었다. 준수한 외모에 커피를 마시며 토론하기를 좋아한 그는 커피 역사에 길이 남을 명언을 남기고 세상을 떠난다. "아, 이제 커피 잔을 들 수 없구나…" 당시로는 적지 않은 66세에 숨을 거뒀지만, 아직 하고 싶은 일이 많았던 모양이다. 그에게 커피는 좋아하는 음료인 동시에, 사유하고 글을 쓰는 데 없어서는 안 될 것이었다. "커피 잔을 놓고 싶다"가 아니라 "커피 잔을 들 수 없다"고 한 것은 더 살 수 없음에 대한 아쉬움을 표현한 것이다. 미국의 독립(1776년)에 이어 맞이할 새로운 세상, 프랑스혁명을 보고 싶은 그의 바람을 담은 메타포가 아니었을까.

루소와 더불어 계몽주의 사상가의 신적 존재인 볼테르(1694~1778)를 이야기할 때 항상 등장하는 단어가 톨레랑스tolérance(관용-)다. "나는 당신이 하는 말에 찬성하지는 않지만,

당신이 그렇게 말할 권리를 지켜주기 위해서라면 내 목숨이라도 기꺼이 내놓겠다." 비록 후대의 작가가 볼테르에 관한 책을 저술하다가 잘못 적은 이야기라지만, 그의 삶을 이보다 잘 표현한 문장도 없을 것이다.

볼테르는 커피의 해악을 언급할 때 예외적인 인물로 거론된다. 그는 하루에 커피를 평균 50잔 이상 마셨다고 전해지는데, 그럼에도 84세까지 장수했다. 커피를 아무리 묽게 마셨다고 해도 그의 위장은 남달리 건강했나 보다. 볼테르는 날마다 커피를 50잔이나 마시며 무슨 생각을 했을까. 커피가 없었다면 그의 명저 《관용론》《풍속시론》《철학사전》이 세상에 나올 수 있었을까. 커피는 숱한 밤을 지새우며 글을 써 내려갔을 볼테르에게 없어서는 안 될 각성제이자, 외로운 밤에 함께할 친구였을 것이다.

세 치 혀를 잘못 놀려 목숨을 잃은 사람이 있는가 하면, 커피에 대한 찬사를 멋지게 남겨 역사에 기록된 사람도 있다. 탈레랑(1754~1838)은 18~19세기 프랑스에서 활동한 외교관이자 작가인데, 나폴레옹을 정계에 진출시킨 것으로도 유명하다. 나폴레옹이 황제가 되자, 그는 보은 인사로 10여 년간 외무 장관을 역임한다.

평소 커피를 좋아한 그는 작가로서 역량을 발휘해 다음과 같은 커피 예찬을 남긴다. "악마같이 검으나 천사같이 순수

■ 프랑스 대문호 오노레 드 발자크

하며, 지옥같이 뜨거우나 키스처럼 달콤하다." 지금도 상업적인 커피 광고에 쓰일 뿐 아니라 커피 관련 서적에 빠짐없이 소개될 정도로 유명한 이 짧은 문장은 커피의 본질에 관한 가장 정확한 설명인 동시에, 커피의 멋스러움을 가장 은유적으로 표현했다. 나는 이 문장을 읽을 때마다 잠 못 드는 봄의 정취 또한 커피 때문이 아닌가 싶어 이조년의 시조 〈이화李花에 월백月白하고〉가 떠오른다.

커피의 힘에 의지해 글을 쓴 대표적인 작가로 오노레 드 발자크(1799~1850)가 있다. 그는 나폴레옹 숭배자로도 유명한데, 그가 활동할 당시 나폴레옹은 권좌에서 물러났음에도 그의 소설 곳곳에 황제가 등장한다. 나폴레옹이 이룩하지 못한 유럽 통일의 꿈을 그는 글로 이루고자 했다. 커피를 하루에 40잔 가까이 마시면서 말이다.

발자크의 글 〈커피 송가Treatise on Modern Stimulant〉 중에 다음과 같은 문장이 있다. "커피가 위 속으로 떨어지면 모든 것이 술렁거리기 시작한다. 생각은 전쟁터의 기병대처럼 빠르게 움직이고, 기억은 기습하듯 살아난다. 작중인물은 즉시 떠오르고 원고지는 잉크로 덮인다." 그가 글을 쓰는 데 커피의 도움을 얼마나 많이 받았는지 역동적인 단어로 잘 보여주는 예다.

근대 서양철학을 대표하는 명저 《순수이성비판》 《실천이성비판》을 읽어보지 못한 사람도 임마누엘 칸트(1724~1804)라는 대철학자의 이름은 한 번쯤 들어봤을 것이다. 그는 어려서부터 허약 체질이었는데 규칙적인 생활을 하며 건강을 유지한 덕분에 오랜 세월 강의와 연구, 저술 활동을 할 수 있었다. 칸트는 하루도 빠짐없이 정해진 시각에 산책에 나섰기 때문에, 쾨니히스베르크(현 칼리닌그라드)의 시민들이 산책하는 그를 보고 시계를 맞췄다는 유명한 일화가 있다. 그는 단 한 번, 장 자크 루소의 《에밀》을 읽느라 산책 시간을 어겼다고 한다.

▋ 독일의 철학자 임마누엘 칸트

칸트 역시 커피를 무척 좋아했다. 그 점잖고 고매한 철학자도 커피에 대해서는 인내심이 부족했던 모양이다. 하인이 "교수님, 커피가 곧 준비될 것입니다"라고 하자, "이제야 준비하고 있나?"라고 불평하며 커피를 재촉했다고 한다.

규칙적인 생활을 하며 건강을 유지한 그도 야속한 세월 앞에서는 어쩔 수 없었다. 1799년부터 눈에 띄게 쇠약해진 칸트는 1804년 2월 12일, 80세로 세상을 떠난다. 그는 죽기 전, 늙은 하인 람페에게 포도주 한 잔을 청했다. 그리고 "좋다!"는 마지막 말을 남기고 눈을 감는다. 그가 포도주 대신 커피를 마시고 세상을 떠나기 전 한 문장을 남겼다면, 루소를 능가하는 커피 역사의 명언이 되었을 텐데 아쉽다.

칸트는 왜 죽기 전에 포도주를 선택했을까? 그가 포도주를 선택한 것은 깨어 있기를 원한 것이 아니라 영면하기를 원했기 때문이다. 즉 그 순간이 마지막이라는 것을 안 것이다. 팔십 평생을 누구보다 각성한 상태에서 치열하게 산 그가 이제 '인생이란 커피 잔'을 놓고 싶었던 것이다. 예나 지금이나 떠날 때를 알고 떠나는 이의 뒷모습은 아름답다.

유럽 정복과
아메리카 독립의 숨은 주역, 커피

"나에게 불가능은 없다." 인류 역사상 가장 천재적인 군인이자 뛰어난 지도자로 이름을 떨친 나폴레옹(1769~1821)의 명언이다. 그는 웰링턴 장군이 이끈 영국·프로이센 연합군과 전투에서 패하고 남대서양의 외딴섬 세인트헬레나에서 최후를 맞았다. 영국 해군이 그를 세인트헬레나섬에 유배한 이유는 가장 가까운 육지가 1900킬로미터나 떨어졌기 때문이다. 그나마 다행스러운 것은 그곳에 커피가 재배되는 점이었다.

커피의 카페인이 인체를 각성시키고 운동 능력을 향상한다고 믿은 나폴레옹은 근대 최초로 커피를 군대 보급품으로 채택·지급했다. 군인들은 전투가 없을 때면 따뜻한 커피 한 잔을 마시며 커피 잔 속에 비친 전장의 흙먼지를 뒤집어쓴 자신의 얼굴에서 고향에 두고 온 아내와 아이, 어머니를 회상했을 것이다. 발자크가 커피의 힘에 의지해 전쟁하듯 글

을 썼듯이, 군인들은 집으로 돌아가기 위해 커피 한 잔의 위로를 받으며 적진으로 진격했을 것이다. "내게 정신을 차리게 하는 것은 진한 커피, 아주 진한 커피다. 커피는 내게 온기를 준다"는 나폴레옹의 커피 예찬을 성경 구절처럼 받들면서 말이다.

세인트헬레나섬에 유배된 나폴레옹은 "섬에서 얻을 수 있는 것은 커피뿐이었다"고 고백했다. 그 때문인지 세인트헬레나섬에서 생산되는 버번 아라비카 품종 커피는 지금도 아주 비싸게 거래된다. 나폴레옹이 평소 커피를 즐겨 마신 것은 사실이지만, "섬에서 얻을 수 있는 것은 커피뿐"이라는 말이 사람들이 믿는 것처럼 커피가 맛있다는 뜻이었을까? 그보다 당시의 복잡한 심경을 커피에 빗대어 한 문장으로 표현한 것이 아닐까 싶다.

1815년 엘바섬으로 유배되었다가 1년 만에 황제로 복귀한 경험이 있는 그는, 세인트헬레나섬에 유배되었을 때도 자신의 명언처럼 언젠가 파리로 돌아갈 수 있으리라는 꿈을 포기하지 않았을 것이다. 그러나 현실은 엘바섬과 달랐고, 국내 정세 또한 과거와 달랐다. 더욱이 영국 총독 허드슨 로는 나폴레옹이 유배된 롱우드 저택에 보초병을 여럿 붙여 일거수일투족을 감시했을 뿐 아니라, 생활비를 깎고 산책 범위를 좁히는 등 그를 혹독하게 대했다. 섬 밖은 망망대해고, 작은 섬에서 구할 수 있는 것이라고는 커피뿐이었다. 폐위된 황제가 섬에 유폐되어 유일하게 할 수 있는 일은 커피의 힘에 의지해 회상록을 남기는 것이었다.

나폴레옹이 하루에 세 시간밖에 자지 않았다는 속설이 있다. 그것은 커피 때문에 가능했다고 알려졌다. 그러나 세 시

간 수면설은 나폴레옹의 비서에 의해 거짓으로 밝혀졌다. 그의 기록에 따르면, 나폴레옹은 건강에 신경을 썼기에 하루 여덟 시간 수면을 취했다고 한다.

식민지 아메리카의 정치가이자 독립운동가 패트릭 헨리 (1736~1799)는 1775년 3월 23일, 버지니아주 리치먼드의 세인트존교회에서 열린 버지니아식민협의회에서 "자유가 아니면 죽음을 달라"는 유명한 연설을 하고 영국과 교전을 주장했다. 그가 커피에 관해서도 "내게 커피를 주시오. 아니면 죽음을 주시오"라는 유명한 말을 남겼다는 점이 재미있다. 좀 과장된 듯해도 그가 얼마나 커피를 좋아했는지 엿볼 수 있는 일화다.

그러나 그의 자유에 대한 사상은 어디까지나 백인에게 해

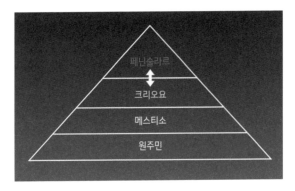

▌ 식민지 라틴아메리카의 신분 피라미드

당하는 것이었다. 그는 1만 에이커(1224만 평)에 달하는 대농
장을 소유했으며, 75명의 흑인 노예를 부렸다. 백인 지배에
저항하는 북아메리카 원주민 체로키족 등에 대해서도 가혹
한 탄압을 했다. 커피가 사람의 인성까지 바꾸지는 못한 것
같다.

　16세기 초 라틴아메리카를 정복한 스페인은 16세기 말
까지 체계적이고 무자비한 통치로 식민지에 대한 지배권을
공고히 한다. 그러나 라틴아메리카 중·하위 관직을 대부분
을 차지하며 세력을 키워 나간 스페인 식민지 태생 백인 크
리오요가 성장하면서 문제가 발생한다. 그들은 비록 스페
인 국적이지만, 자신의 정체성이 라틴아메리카에 있다고 생
각했다. 그로 인해 상위 관직을 대부분 독점해온 스페인 태

생의 페닌술라르와 크리오요 사이에 갈등의 골이 깊어졌다. 식민지 토착 엘리트 크리오요의 성장은 스페인의 식민지 지배권 약화를 의미했다.

18세기 스페인 부르몽 왕조의 식민지 통치 재무장 정책은 크리오요의 강한 반발과 저항을 초래한다. 결국 식민지에 대한 지배권을 강화하고자 취한 조치가 스페인에서 독립 필요성을 자극한 것이다. 미국의 독립(1776년)과 프랑스혁명(1789년) 등의 영향으로 라틴아메리카 독립 필요성에 대한 이론적 정당성을 확보한 크리오요는 단계적으로 독립을 향한 저항 운동을 펼친다.

1807년 나폴레옹의 스페인과 포르투갈 침입은 라틴아메리카 독립의 결정적인 단초를 제공한다. 당시 스페인 왕조는 분열되어 왕이 거의 없다시피 했고, 포르투갈 왕 후안 6세는 브라질로 도피했기 때문에 라틴아메리카 식민지에 대한 지배권을 행사할 수 없었다. 결국 1811년 베네수엘라를 시작으로 멕시코, 아르헨티나, 콜롬비아, 에콰도르 등 대부분의 라틴아메리카 식민지가 순차적으로 독립했다.

흥미로운 것은 라틴아메리카의 독립 이면에도 커피가 있었다는 점이다. 지금의 라틴아메리카 커피는 카리브해에 위치한 작은 섬 마르티니크에서 시작되었다. 1720년 프랑스군 연대장 가브리엘 드 클리외Gabriel - Mathieu De Clieu가 본국에서 가져온 커피나무 묘목을 마르티니크에 이식하는 데 성공함으로써 18~19세기 라틴아메리카에 커피를 전파한 것이다.

사람이 둘 이상 모이면 사회에 대한 문제의식과 불만이 표출된다. 자연스럽게 사람들이 모일 곳이 필요했는데, 그 역할을 카페가 담당했다. 여론이 형성되는 곳, 그 중심에 카페가 있었다. 카페에는 각성의 음료인 커피가 제공되었기에 와인, 럼 등을 파는 술집과 달리 사람들이 깨어 있을 수 있었던 것이다.

우리나라 근현대사의
애환과 낭만이 서린 커피

　1896년 2월 11일 새벽, 고종 황제와 태자는 궁녀의 교자를 타고 덕수궁을 빠져나와 정동에 위치한 러시아 공사관으로 피신한다. 그 후 1년 동안 베베르 공사의 보호 아래 있으면서 커피를 처음 접했다는 것이 그동안 우리가 알던 고종의 커피 이야기다. 그러나 아관파천 이전에도 궁중에서 커피를 마셨다는 기록이 있다.

　1884년부터 3년간 어의를 지낸 호러스 알렌Horace Newton Allen이 1908년에 남긴 저서《한국 풍물》에 따르면, 왕을 알현하기 위해 기다리는 동안 궁중의 시종들이 잎담배와 샴페인, 사탕뿐만 아니라 홍차와 커피도 내왔다고 한다. 1880년대 중반에 이미 궁중에서 커피가 음용되었으므로, 고종이 아관파천 중에 커피를 처음 마셨다는 설은 신빙성이 없다.

　아름다운 돌담으로 유명한 덕수궁에는 빼어난 서양식 근대건축물인 석조전을 비롯해 정관헌이라는 서양식 정자가

▌ 고종 황제(국립고궁박물관 소장)

있다. 인터넷이나 일부 커피 서적에 실린 정관헌에 대한 기
록물을 보면, 고종이 대신들과 이곳에서 커피와 다과를 즐
겼다고 나오는데 이 역시 사실이 아니다.《조선왕조실록》은
물론 어떤 문헌에도 고종이 정관헌에서 커피를 마셨다는 기

록이 없다. 정관헌은 역대 왕의 어진을 모시고 제례를 지낸 신성한 곳이다.

1898년 9월 12일, 고종과 태자는 평소 좋아하는 커피 때문에 목숨을 잃을 뻔한 적이 있다. 그 유명한 '김홍륙 독다毒茶 사건'이다. 당시 러시아어 통역관 김홍륙이 아관파천 이후 득세하여 권력을 남용하다가, 1898년 친親 러시아파가 몰락할 때 관직에서 물러났다. 같은 해 8월에는 러시아와 교섭에서 사익을 취했다는 죄목으로 전남 흑산도에 유배됐다.

이에 앙심을 품은 김홍륙은 고종의 생일에 공홍식을 시켜, 황제와 태자가 마시는 커피에 독을 넣게 했다. 고종은 커피 냄새가 평소와 다른 것을 이상히 여겨 마시지 않았으나, 태자는 마시다가 토하고 쓰러졌다. 태자는 그 후유증으로 치아를 18개나 잃었다. 결국 이 일을 공모한 김홍륙, 공홍식, 김종화가 사형을 당하는 것으로 사건은 종결되었다.

조선인 최초로 다방을 연 인물은 영화감독 이경손이다. 그는 1927년 안국동 네거리에 '카카듀'라는 간판을 걸고 영업을 시작했다. 아쉽게도 카카듀의 흔적은 가끔 〈밀정〉 같은 영화에나 등장할 뿐이다.

우리나라 근대 커피 역사에서 빼놓을 수 없는 인물 중 하나가 천재 시인 이상이다. 그는 1933년 '제비'를 시작으로 '쯔루' '식스나인'이란 독특한 이름으로 다방을 열었다. 가우

디에게 구엘이 있었듯이, 가난한 이상에게도 구본웅이란 부유한 친구가 있었기에 가능한 일이었다. 금홍이와 연애에 몰두하고 친구들에게 공짜 커피를 주는 등 다방 운영에 재주가 없었는지, 여는 족족 금세 망하고 말았다. 일제강점기에도 카페로 성공하기란 쉽지 않았나 보다.

당시 다방은 18~19세기 유럽의 카페와 마찬가지로 문학과 미술, 음악, 사상을 나누는 장이었다. 정지용, 이효석, 김기림 등 이름만 대면 알 만한 예술인이 다방에 모여 커피 한 잔을 앞에 놓고 나라와 민족이 처한 시대의 아픔과 예술적 고뇌에 대해 이야기했다. 당시 다방에서는 커피에 원두만 넣은 것이 아니라는 점이 재미있다. 시커먼 커피색과 쓴맛을 내기 위해 잎담배를 넣기도 했다. 이런 이유로 당시에는 귀한 설탕을 듬뿍 넣어 달콤한 맛으로 커피를 마셨다.

해방 후 한국전쟁이 발발하면서 국내에 인스턴트커피가 소개됐다. 미군이 전쟁 물자로 가져온 것을 수완이 좋은 장사치들이 빼내어 암시장에서 거래하곤 했다. 인스턴트커피는 1901년 일본계 미국인 화학자 사토리 가토가 발명했는데, 그 후 전쟁 물자로 쓰면서 비약적인 발전을 거듭했다.

1950년 이전만 해도 인스턴트커피는 원두 50퍼센트와 전분 50퍼센트 비율이었으나, 한국전쟁 때부터 미국 제너럴푸드사가 개발한 100퍼센트 인스턴트커피가 등장했다. 한국전쟁이 인스턴트커피 역사에 한 획을 그은 것은 분명해 보인다. 1960년대 말 설립된 동서식품은 정부의 지원과 자사의 노력에 힘입어 지금의 세계적인 인스턴트커피 제조 기술을 확보했다.

쉰이 넘은 중년 남성이라면 '레지'라는 단어를 기억할 것이다. 요즘은 중소 도시가 아니면 찾아보기 힘든데, 다방에서 커피를 나르는 여직원을 의미하는 말이다. 꼬불꼬불한 파마머리에 붉은색 립스틱을 짙게 바른 아가씨가 손님 옆자리에 앉아, 커피에 프림과 설탕을 넣어주었다. 달걀노른자를 동동 띄운 쌍화차는 모처럼 기분을 내고 싶을 때나 주문하는 고급 음료였다. 한껏 폼을 잡고 싶으면 "김양아, 너도 한 잔 해라" 하며 아가씨 커피도 한 잔 더 주문했다. 장미, 맹물, 청자 등 이름만으로도 정감 있는 동네 다방은 당시 서민에게 만남의 장소였고, 휴식처였다. 그러나 요즘은 카페에 밀리고, 일부 퇴폐적인 인식 때문에 그 자취와 의미를 잃어가고 있다.

'학림다방'은 1956년 당시 동숭동에 있던 서울대학교 문리대 건너편에 터를 잡았다. 벌써 60년 세월이 훌쩍 넘었다. 서울대 학생들에게 인기가 좋아 '문리대 25강의실'이라고 불렸다. 1980년경 전국민주학생연맹이 민주화 운동을 모색하기 위한 첫 모임을 학림다방에서 가졌다는 이유로, 경찰이 학생운동 하던 이들을 검거한 뒤 '학림사건'으로 명명했다.

학림다방은 동시대 예술인의 아지트이기도 했다. 이청준과 김승옥, 김지하 등 문인의 단골집으로 알려져 유명세를 탔고, 음악과 미술, 연극, 문학 등 예술계 인사들이 사랑방으로 애용했다. 수필가 전혜린은 죽기 전 이곳에 들러 메모를 남기고, 다음 날 자살했다. 이렇듯 시대의 풍파와 아련한 추억을 간직한 학림다방이지만, 현대적인 시설과 편리함으로 무장한 대형 커피 프랜차이즈의 공세에 고전 중이다.

　세상에서 가장 간편한 커피는 자판기 커피다. 가격 차이는 있지만, 100원짜리 동전 두어 개면 언제 어디서든 간편하게 커피를 즐길 수 있다. 맛은 원두커피만 못해도 특유의 편리함 때문에 과거 전 국민의 사랑을 받았다. 1978년 등장한 뒤 커피의 대중화를 이끌었다고 해도 과언이 아니다. 대학 도서관에서 공부하다가 마시는 자판기 커피는 달콤한 휴식이었다. 담배 한 대 피우면서 마시는 자판기 커피가 그렇게 꿀맛이라는데, 나는 담배를 피우지 않아 그런 호사를 누리지 못했다. 커피를 마시고 빈 종이컵은 구겨서 제기처럼 차고 놀았다. 이 또한 지금은 보기 어려운 당시 대학 생활이 주는 낭만이었다.

커피 다시 마시기

3

스페셜티 커피는
제3의 물결?

    흔히 믹스 커피라고 부르는 인스턴트커피로 시작된 대한민국의 커피 사랑은 2000년대 이후 대형 프랜차이즈 커피의 흥행에 힘입어 원두커피로 입맛이 옮겨 갔다. 그럼에도 상당수 중년 이상의 사람들, 특히 남성은 편리함과 익숙한 맛, 저렴한 가격 때문에 여전히 인스턴트커피를 선호한다. 이런 가운데 커피 마니아층에서는 더 품질 좋은 커피를 찾아 장안의 이름난 카페 탐방에 나서고 있다. 이에 부응하듯 일부 카페에서는 이름마저 특별한 스페셜티 커피라는 것을 소개하며 고객에게 유혹의 손짓을 한다.

    스페셜티 커피는 '그린 그레이딩green grading'이라 불리는 외면적 평가와 '커핑cupping'이라는 관능적 평가에 따라 결정된다. 즉 생두에 결점두(8점 이하, 350그램)가 거의 없고, 맛을 봤을 때 좋은 향미를 느낄 수 있어야 한다. 100만점에 80점 이상을 획득해야 스페셜티 커피다.

■ 생두에서 결점두를 골라내고 있다.

　통상 카페에서 판매하는 원두커피는 커머더티commodity 생두를 사용하는데, 이는 산지가 같아도 여러 농장의 생두를 수매해 지역 이름을 붙인 것이다. 예를 들어 '콜롬비아 수프레모 우일라'는 우일라 지방의 여러 커피 농장에서 수확한 수프레모급 생두를 모은 것이다. 이에 반해 스페셜티 커피는 싱글 오리진, 즉 한 농장에서 수확한 품질이 좋은 생두를 모은 것이 대부분이어서 생산 이력을 명확히 알 수 있다. 상

황이 이렇다 보니 수량이 많지 않고 값도 비싸다. 여기에 스페셜티 커피의 확장성에 한계가 있다.

  스페셜티 커피, 그 맛은 어떨까? 우선 신맛에 깜짝 놀랄 것이다. 그리고 입안 가득 퍼지는 꽃향기와 약간 단맛이 느껴지는 끝 맛까지 커피 맛에 대한 고정관념이 산산조각 날 것이다. 마치 인스턴트커피만 마시던 사람이 어느 날 맛있는 원두커피를 처음 경험할 때와 같은 신세계라고 할

111

▎잘 볶은 원두

까. 그러나 스페셜티 커피의 맛에 대한 호불호는 극명하게
갈린다.

바로 산미라고 일컫는 커피의 신맛 때문이다. 과거 어느
바리스타가 인터뷰에서 "좋은 커피에서는 신맛이 느껴진
다"고 했다가 "그럼 신맛이 안 느껴지는 커피는 좋은 커피가
아니냐?"며 커피 업계 종사자의 질타를 받은 적이 있다. 이
처럼 커피의 신맛은 스페셜티 커피의 주된 특징인 동시에,

독특한 향과 맛으로 이름난 고수만큼이나 우리 입맛에 익숙
지 않고 불편한 존재다.

요즘 폐업하는 카페가 속출하고, 문을 연 카페의 상당수
도 근근이 연명하는 수준이다. 그러다 보니 스페셜티 커피
가 대안으로 떠오르고 있다. 마치 이 커피를 쓰면 오지 않던
고객이 몰릴 것처럼 이야기한다. 문제의 원인은 스페셜티
커피를 쓰지 않아서가 아니다. 원두커피를 즐기는 사람도

많지만, 그보다 카페의 수가 훨씬 많다는 데 있다. 고객 입장에서는 사방에 즐비한 게 카페다. 커피 한 잔을 마셔도 가성비가 좋은 카페를 찾게 마련이다. 안 되는 카페는 커머더티 원두가 아니라 스페셜티 원두를 써도 상황이 나아지지 않는다.

커피를 파는 입장에서는 다른 카페와 차별화하기 위해 스페셜티 커피를 사용하고, 이를 홍보한다. 커피 좀 마셔봤다는 사람들은 더 특별한 커피가 없을까 관심을 갖게 마련이다. 누군가 '파나마 라 에스메랄다 게이샤'처럼 이름도 생소한 커피를 마셔봤다고 하면, 값이 좀 비싸도 마셔봐야 직성이 풀리고 체면이 선다. 그러나 그 맛은 개인에 따라 그랑 크뤼급 와인이 테이블 와인보다 못한 경우가 있듯, 스페셜티 커피가 커머더티 커피보다 항상 맛있게 느껴지는 것은 아니다.

언론과 커피 전문가들이 스페셜티 커피가 커머더티 커피보다 맛있는 커피라고 하면 소비자 입장에서는 난감할 수밖에 없다. 본인은 맛있다고 느끼지 않는데, 이게 맛있는 커피라고 강요받기 때문이다. 훈련을 통해서 맛있는 커피를 분간할 수 있다는 말은 왠지 궁색해 보인다.

앞에 여러 가지 커피가 있을 때 좋은 커피를 찾는 방법은 미각 훈련을 통해서 가능하다. 그러나 좋은 커피와 맛있는 커피는 다른 의미다. 전자는 커피의 품질을 의미하고, 후자는 마시는 사람이 느끼는 주관적인 맛의 평가다. 이는 경험을 통해서 나아지지 않는다. 커피도 엄연히 음식이다. 내가 맛이 없으면 없는 것이지 누군가의 설명을 듣고 맛있어지지 않는다.

안 되는 카페에 가보면 몇 가지 공통점이 있다. 첫째, 직원이 손님과 매장 관리보다 스마트폰에 집중한다. 둘째, 장사가 안 되니 그렇겠지만, 오래된 원두를 사용해서 담배 쩐내와 같은 고약한 맛이 난다. 셋째, 그라인더 세팅이 잘못되었다. 굵기가 맞지 않으니 커피 메뉴의 근본이 되는 에스프레소 추출 시간이 지나치게 짧거나 길다. 마지막으로 물의 온도가 너무 높다. 온수기가 95도에 맞춰진 곳도 많다. 물이 지나치게 뜨거우니 커피 본연의 맛을 느끼기 어렵다. 식고 나면 그제야 맛의 속살이 드러나는데, 카페인 허기를 채우는 게 목적이 아니라면 컵에 손이 가지 않는다.

업계와 언론에서는 스페셜티 커피를 인스턴트커피(농업혁명), 대형 프랜차이즈 커피(산업혁명)에 이은 제3의 물결(정보화 혁명)이라고 한다. 나는 스페셜티 커피의 범용성과 파급력의 한계를 고려하면 제3의 물결이 과장된 표현이라고 생각한다. 인스턴트커피와 원두커피는 품질과 맛에서 확연히 다른 커피다. 일부를 제외하고 대형 프랜차이즈 커피가 쇠

퇴하는 원인이 스페셜티 생두 대신 커머더티 생두를 써서는 아니다. 앞서 언급한 안 되는 카페처럼 맛없는 커피를 팔았기 때문이다.

커머더티 생두로도 결점두를 골라내고 생두의 특징에 맞게 로스팅 포인트를 잘 살리면 스페셜티 생두와 분간이 안 될 정도로 맛을 표현할 수 있다. 예를 들어 커머더티 생두 '에티오피아 G2 이르가체페 워시드'와 그에 비해 1.5배 비싼 스페셜티 생두 '에티오피아 G1 이르가체페 첼바 내추럴'을 동일하게 로스팅한 뒤 추출해 어느 것이 스페셜티 커피인지 블라인드 테스트를 하면, 전문가가 아닌 이상 맞힐 사람이 거의 없을 것이다.

스페셜티 커피는 가끔 즐기는 1++ 등급 한우 같은 별미일 뿐, 몰락하는 카페를 구할 제3의 물결이 될 수 없다. 커머더티 생두도 각각의 특징에 맞게 로스팅을 하고 실력 있는 바리스타가 정확히 추출하면 커피는 얼마든지 맛있다. 굳이 몇 배 비싼 생두를 사용하지 않고도 그 맛을 낼 수 있다. 커피 값이 비싸지 않으니 고객도 행복하다.

이름난 맛집에 가본 사람은 알 것이다. 신선하고 질 좋은 재료를 사용하지, 흔히 말하는 특급 재료를 쓰는 것은 아니다. 만드는 사람의 정성과 그 맛을 내기 위한 인고의 세월이 뒷받침될 때 비로소 맛이 완성된다.

지금은 스페셜티 생두에 관심을 두기보다 기존의 생두에서 결점두를 골라내고, 적절한 로스팅 포인트를 찾아 맛있게 커피를 내려야 할 때다. 그러면 고객들은 분명 그 카페에 발을 들일 것이다.

커피 종주국은
없다

　에티오피아, 콜롬비아, 브라질, 이탈리아의 공통점은 무엇일까? 바로 커피다. 세계 최초로 커피가 발견된 에티오피아는 커피 생산량도 세계 5위 안에 들고, 맛은 물론 독특한 산미를 자랑하는 커피 품종이 자라는 나라로 정평이 났다. 콜롬비아는 지형과 토양, 기후 등 자연환경이 양질의 커피를 재배하기에 적합한 나라다. 나라 이름만 들어도 커피가 떠오를 정도로 커피는 나라를 대표하며, 국민 또한 커피에 대한 애정이 깊다.

　브라질은 한때 세계 커피 생산량의 50퍼센트 이상을 차지했으며, 지금도 세계 최대 커피 생산국으로 커피 시장의 판도를 좌지우지하는 나라다. 브라질은 그해 커피 농사의 작황에 따라 나라 경제 전반이 큰 영향을 받는다. 이탈리아는 비록 커피 한 알 생산되지 않지만, 커피에 대한 자부심이 강하고 콧대가 높은 나라다. 400여 년 전 베네치아 상인이 터

■ 베트남의 원두 판매점

키에서 커피를 들여와 유럽에 중개무역을 했고, 더 빠른 커피 추출을 위해 세계 최초로 에스프레소 머신을 발명했다. 이들 네 나라 모두 과거 자타가 공인하는 커피 종주국이었다. 지금은 어떨까?

생두 생산량으로 보면 브라질이 부동의 1위고, 그다음은 베트남과 에티오피아, 콜롬비아, 인도네시아 순이다. 생산량에 비해 우리에게 베트남 커피가 익숙지 않은 것은 약 90퍼센트가 로부스타 종으로, 대개 싱글이 아니라 블렌드용으로 쓰이며 인스턴트커피 제조 시 사용되기 때문이다.

생두 수입량은 미국이 압도적인 1위이며, 그다음이 독일

■ 세계 최대 커피 소비국인 미국의 어느 카페

과 이탈리아, 일본 순이다. 미국은 자국 소비량도 많지만, 생두를 수입해 로스팅한 뒤 세계 각지로 수출하기 때문에 최대 수입량을 차지한다. 하와이를 비롯한 일부 지역을 제외하고는 커피나무가 자라지 않는 미국, 독일과 이탈리아, 일본이 커피를 많이 소비하는 것은 그들의 국내총생산GDP 수준에 거의 비례한다고 볼 수 있다.

세계 최대의 커피 프랜차이즈 스타벅스는 미국 시애틀에 본사가 있다. 커피가 시작된 나라는 아니지만, 미국이 없다면 세계 커피 시장이 마비될 정도로 커피 산업의 영향력 측면에서 가장 막강한 나라가 미국이다. 특히 아라비카 커피의 선물거래는 주로 뉴욕상품거래소와 시카고상품거래소에서 이루어진다.

커피 메뉴 가운데 나라 이름이 들어간 것은 아메리카노가 거의 유일하다. 번역하면 '미국인이 마시는 커피' 정도가 되는데, 알다시피 에스프레소를 뜨거운 물에 희석한 커피다. 미국인은 태어나서부터 빵집, 도넛 가게, 치킨집 등 어디를 가나 커피를 접하기 때문에 커피를 남의 나라 것이라 보지 않는다. 마치 초콜릿의 원료가 카카오지만, 초콜릿 하면 서양이 떠오르는 것과 같은 이치다.

독일이 세계 2위의 생두 수입국이라는 사실은, 베트남이 세계에서 두 번째로 생두를 많이 생산하는데도 우리의 피부

에 와 닿지 않는 것과 같다. '황제의 커피'라는 애칭으로 유
명한 '달마이어'나 향수와 담배로도 유명한 '다비도프'라는
걸출한 브랜드가 있지만, 우리가 생활 속에서 독일 커피를
자주 접하지는 않는다. 그럼에도 우리는 알게 모르게 독일
기계로 볶은 커피를 매일 마시고 있다. 명실상부 세계 최고
의 로스터기라 할 수 있는 프로밧이 바로 독일 제품이다.

　내가 세계 4대 로스터기로 꼽는 것은 독일의 프로밧, 미국
의 디드릭, 터키의 토퍼, 일본의 후지로얄이다. 독일은 가정
용부터 상업용까지 이름을 열거하기 어려울 정도로 많은 에

스프레소 머신을 생산한다. 호텔이나 뷔페에서 자주 보이는 WMF 시리즈 역시 독일이 자랑하는 에스프레소 머신이다. 독일 스스로 커피 종주국이라는 말을 사용하지 않지만, 기술의 독일답게 전 세계 커피 시장의 기계 장치와 설비에서 단단히 실속을 챙기고 있다.

일본 역시 커피 강국이다. 과거 '동양의 독일'을 표방한 일본은 18세기 초 네덜란드 상인이 나가사키 항으로 커피를 들여온 이래, 지금까지 커피 산업을 탄탄히 키워왔다. 특히 핸드 드립 용품에서 일본 제품을 빼놓고 이야기하는 것은 스마트폰에서 애플을 제외하는 것과 같다. 우리가 잘 아는 칼리타, 고노, 하리오 등이 일본 브랜드다.

후지로얄은 앞서 언급한 대로 명품 로스터기뿐 아니라 내구성과 균질한 분쇄로 유명한 그라인더도 생산한다. 세계에서 네 번째로 생두를 많이 수입하는 나라답게 우리에게도 잘 알려진 도토루, UCC 등에서 커피를 가공·판매한다. 일본인의 커피 사랑과 실력은 스시만큼 높다. 1908년 독일의 멜리타 여사가 처음 고안한 핸드 드립을 지금의 세계적 수준으로 끌어올린 나라가 일본이다. 이렇듯 일본은 경제 규모와 기초과학 수준만큼 커피에서도 세계적인 영향력을 발휘하고 있다.

커피는 특정 국가의 전유물이 아니라, 이제 중국까지 가

세할 만큼 전 세계인의 기호 식품이자 생필품이 되었다. 주지하는 바와 같이 우리나라도 2000년대 들어 고급 원두커피 시장이 본격적으로 열리면서, 불과 20년이 안 되는 세월 동안 세계적 수준의 커피 로스팅과 추출 기술을 갖춘 커피 전문가가 국내 각지에서 활동한다. 이는 세계 어느 나라에서도 그 사례를 찾아볼 수 없을 만큼 놀라운 일이다.

나는 세 가지 측면에서 그 원인을 찾는다. 첫째, 한민족은 세계 어느 민족보다 두뇌가 뛰어나다. 세계에서 두뇌가 가장 우수한 민족이라는 유대인에 비해 우리가 뒤처지지 않는 점만 봐도 그렇다. 둘째, 우리는 세계에서 유일하게 쇠젓가락을 사용하는 민족이다. 이런 이유로 손과 팔의 신경이 발달해 에스프레소 추출뿐 아니라, 핸드 드립 기술도 일본에 뒤지지 않는다. 마지막으로 아이러니하게도 국내 시장의 치열한 경쟁에서 그 원인을 찾을 수 있다. 시장은 작고 진입자는 많다 보니 생존한 카페와 커피 전문가들이 뛰어날 수밖에 없다.

이제 우리나라도 국내 시장을 넘어 원두와 카페를 자체 브랜드로 세계시장에 수출해야 할 때다. 품질과 기술력은 세계적 수준에 올라왔지만, 언어 장벽에서 한계에 부딪히곤 한다. 한 예로 세계바리스타챔피언십에 나가면 직접 메뉴를 만들고 설명해야 하는데, 유창하지 못한 영어와 어색한 쇼

맨십 때문에 큰 성과를 거두지 못하고 있다. 이 점을 보완하고 탄탄한 스폰서가 지원된다면 골프만큼 좋은 성적을 거둘 수 있을 것으로 전망된다. 더불어 우리 커피와 카페 브랜드가 머지않아 세계인의 식탁에 오르고, 세계 유명 거리에서 눈에 띄기를 기대한다.

인간의 탐욕과
이색 커피

잭 니콜슨과 모건 프리먼이 주연한 영화〈버킷리스트 : 죽기 전에 꼭 하고 싶은 것들〉에 다음과 같은 장면이 나온다. 시한부 인생의 백만장자 에드워드 콜(잭 니콜슨)은 카터 챔버스(모건 프리먼) 앞에서 금장으로 고급스럽게 장식한 커피 도구를 꺼내 커피 한 잔을 추출한다. 그는 김이 모락모락 피어오르는 커피 잔을 들고 감성에 젖어 말한다. "Kopi Luwak, The rarest coffee in the world루왁 커피, 세상에서 가장 희귀한 것이지." 카터가 그게 무슨 커피냐고 물으니 에드워드는 사향고양이 똥으로 만든 커피라고 답한다. 그때 카터의 똥 씹은 듯한 표정 연기가 아직 생생하다.

나 역시 '코피 루왁'을 알기 전에 영화를 본 터라 그 커피가 궁금했다. 2년 뒤 인도네시아 자바섬 동쪽 끝에 위치한 이젠ljen의 커피 농장에서 코피 루왁의 참담한 뒷모습을 두 눈으로 똑똑히 봤다.

▌ 영화 〈버킷리스트〉에서 주인공이 루왁 커피를 따르고 있다.

가로와 세로, 높이가 1미터 남짓한 우리에는 사향고양이 루왁이 사육되었다. 아라비카 커피 농장의 부속 시설인 코피 루왁 농장에만 100여 마리 사향고양이가 오로지 커피 생산을 위해 갇혀 있었다. 코피 루왁은 인도네시아어로 커피kopi와 사향고양이luwak의 합성어다. 철창에 갇힌 사향고양이에게는 커피 시즌에 커피 체리가, 비시즌에 고양이 사료가 제공되었다. 순간 영화 〈올드 보이〉에서 이유도 모른 채 15년 간 철창에 갇혀 군만두만 먹을 수밖에 없던 오대수(최민식)가 떠올랐다.

사향고양이 가운데는 눈이 하나 없는 것도 있었고, 몸에 깊은 상처가 나거나 피부병이 심한 것도 많았다. 나중에 안 사실이지만, 그들 몸에 난 상처는 스트레스로 인한 자해 때문이라고 한다. 항생제가 섞인 사료가 제공되다 보니 그들이 배설한 커피 덩어리에는 소량이라도 그 성분이 포함될 수밖에 없다. 배설물을 보니 대부분 덩어리지지 않고 설사한 것 같은 모양이었다.

해마다 전 세계에서 채집되는 야생 코피 루왁은 약 1000킬로그램이다. 500킬로그램 정도가 인도네시아에서 모은 것이고, 나머지는 기타 여러 나라에서 난다. 양이 턱없이 적은 이유는 고양이의 특성상 깊은 숲 속 보이지 않는 곳에서 배변을 해결하기 때문이다. 이런 이유로 야생 사향고양이 배설물을 채집하는 것은 보통 어려운 일이 아니다.

야생에서 채집된 코피 루왁은 값이 상상을 초월한다. 맛 때문이 아니라 영화에서 언급했듯이 그 희소성 때문이다. 항간에는 사향고양이가 잘 익은 커피 체리만 골라 먹기 때문에 커피가 맛있다고 하는데, 굳이 고양이 배 속을 거쳐 간 것이 아니라 잘 익은 커피 체리를 따면 해결되는 문제다. 야생 코피 루왁은 100그램에 수백만 원을 호가하는 것으로 알고 있다. 부자들의 수요가 많다 보니 순수 야생은 아니지만, 동물원에서 보는 것 같은 거대한 철창을 만들어 사향고양이를 사육하고 배설물을 채집하는 방법이 고안되었다.

▌ 우리에 갇힌 인도네시아 사향고양이

　내가 맛본 것은 100퍼센트 야생에서 채집된 것은 아니고 반￦야생 상태의 것이었다. 누구는 초콜릿 향이 난다며, 사향고양이의 위와 장을 거치는 과정에서 발효되어 독특한 향과 맛을 느낄 수 있다고 한다. 그동안 경험하지 못한 향미는 분명한데, 특별히 맛있다거나 향기롭지는 않았다.

　다른 커피와 섞어놓고 블라인드 테스트를 한다면 이 커피를 맞힐 수 있을지 몰라도, 다른 커피보다 훌륭하다고 말하기는 어려울 것이다. 마치 레오나르드 플로디노프가 쓴 《'새로운' 무의식》에 나오는 와인 라벨 실험과 같은 것이 아닐까? 피험자들은 같은 와인인데도 값비싼 라벨을 붙인 와인이 더 맛있다고 느낀다. 값비싸고 희귀한 코피 루왁이니까 사람들이 대단하다고 느끼는 것이지, 정말 차별화된 맛과 향 때문에 선택받는 것은 아닌 듯하다.

인도네시아에 코피 루왁이 있다면, 베트남에는 위즐 커피 Weasel Coffee가 있다. 족제비가 커피 체리를 먹고 배설한 것으로 만든 커피다. 커피 농장 인근에 서식하는 족제비가 먹을 것이 없었는지 쥐나 작은 동물을 잡아먹지 않고 커피 체리를 먹는 바람에 그의 얄궂은 인생은 시작되었다.

베트남 달랏Da Lat에 위치한 커피 농장을 방문하고 오는 길에 위즐 커피라는 간판을 보고 들어간 카페에서는 위즐 원두를 판매 중이었다. 믿고 사도 된다는 것을 보여주기 위해서인지 닭장만 한 케이지에 족제비가 있었고, 철창 바닥은 족제비의 배설물이 통과되도록 듬성듬성 철제 막대로 막아놓았다. 족제비가 커피 체리만 먹었는지 단단하게 굳은 배설물에는 소화되지 않은 생두뿐이었다. 인간의 탐욕 때문에 아무 죄도 없이 철창에 갇힌 족제비를 바라보자니 마음 한 구석이 씁쓸했다.

위즐 커피 맛이 궁금해 다른 커피에 비해 상대적으로 비싼 돈을 지불하고 주문했다. 예상대로 이게 뭐라고 마시나 싶을 정도로 그저 그런 커피 맛이었다. 차라리 연유를 듬뿍 넣은 베트남 특유의 핀 드립 커피를 마시는 것이 나을 뻔했다. 위즐 커피라도 강하게 볶으면 탄 맛이 강해 특유의 맛을 느끼지 못할 수도 있겠다 싶어 생두를 구해 로스팅을 해볼

▌ 족제비 똥에서 나온
베트남 위즐 커피

▌ 철창에 갇힌 족제비

까 생각했지만, 족제비에게 못할 짓을 하는 것 같아 그만두
고 말았다.

　베트남에는 위즐 커피뿐 아니라 다람쥐 똥으로 만든 콘삭
커피도 있고, 예멘에는 원숭이 똥으로 만든 커피가 있다고

한다. 태국과 인도에는 코끼리에게 생두를 먹여 만든 아이보리 커피도 있다니, 세상이 똥 커피 천지다. 이러다가는 개똥 커피가 나오지 말란 법도 없겠다. 개똥도 약에 쓰려면 없다는 말이 현실이 될지 모른다.

닭장에 갇힌 닭은 먹으면서 왜 코피 루왁이나 위즐 커피를 문제 삼느냐고 반문하는 이도 있을 것이다. 이는 근본적으로 다른 문제다. 채식주의자가 아닌 한 피하기 어려운 현실과 굳이 소비하지 않아도 되는 것의 차이다. 둘 사이에는 거위 고기를 먹는 것과 푸아그라를 소비하는 것만큼 간극이 존재한다. 결국 코피 루왁이나 위즐 커피 등은 '동물의 피로 만든 커피'라는 인식에 다다른다.

공정 무역 커피 소비도 좋지만, 그에 앞서 코피 루왁이나 위즐 커피, 아이보리 커피 등의 소비에 대해 다시 한 번 생각해봐야 한다. 소비가 생산을 유발하기 때문에 커피 소비자의 의식 전환이 중요하다.

커피 한 잔의
원가는?

흔히 '물장사'는 많이 남는다고 한다. 물장사라고 함은 술, 커피, 청량음료 등을 파는 영업을 의미한다. 다른 음식 장사에 비해 원료 값이 적기 때문에 많이 팔면 확실히 큰 이익을 볼 수 있다. 특히 술은 원가의 2~3배를 받아 물장사의 대표 선수 격이라 할 수 있다. 커피는 어떨까? 원재료만으로 보면 가장 이익이 큰 장사임에 틀림이 없다. 다만 술과 달리 완성품을 파는 게 아니라, 원재료 상태에서 추출이라는 제조 과정을 거친다는 데 큰 차이가 있다.

올해 45세 정성국(가명) 씨는 지난해 10월 서울 마포구 공덕동 골목에 전용면적 49.6제곱미터(15평)의 카페를 열었다. 점포가 상당 기간 비어 있었기에 다행히 권리금은 없었다. 그는 보증금 5000만 원, 월 임차료 200만 원을 내는 조건으로 계약했다. 초기 카페 집기 구입과 인테리어 비용으로 5000만 원, 에스프레소 머신과 제빙기 등 기계 구입으로 2000만 원을 지출했다.

아메리카노 한 잔을 3000원에 제공하는데, 일평균 100잔의 매출을 올리고 있다. 하루도 쉬지 않고 영업해 월평균 3000잔의 커피를 판매하며, 월평균 매출은 카페라테를 비롯한 다른 메뉴까지 합해 1000만 원이다. 처음 석 달은 부인과 함께 하다가 지금은 직원을 고용해 월평균 150만 원이 인건비로 지출된다. 월평균 전기세는 20만 원, 상하수도 요금은 3만 원이 나온다.

아메리카노는 볶은 원두와 물, 테이크아웃 컵만 있으면 된다. 아메리카노 한 잔에 에스프레소 원 샷을 기준으로 원두 7~8그램이 필요하다. 손실분까지 감안해 10그램이라고 하면 2만 원짜리 원두 1킬로그램으로 약 100잔의 아메리카노를 추출할 수 있다. 테이크아웃 컵과 리드(뚜껑), 홀더까지 100원 정도 한다. 커피 한 잔에 들어가는 물의 원가를 0원이라고 하면 총 원가는 300원이다. 이것이 보통 사람들이 계산하는 아메리카노 한 잔의 원가다.

여기서 빠진 원가는 고정비용과 감가상각비다. 매장 임차료와 인건비, 전기세, 상하수도 요금 같은 고정비용, 카페 집기와 인테리어에 대한 감가상각비, 에스프레소 머신과 그라

▌ 테이크아웃 컵과 리드 그리고 홀더

인더, 에어컨 등 각종 기계에 대한 감가상각비가 포함돼야 한다. 세부적으로 해마다 교체해야 하는 정수 필터, 매장 조명등도 있다. 인테리어와 기계에 대한 감가상각비는 내용연수를 5년으로 잡고 해마다 20퍼센트씩 그 가치가 줄어든다고 보면 된다. 카페 집기와 인테리어에 5000만 원, 전체 기계를 구입하는데 2000만 원을 지출했기에 해마다 1400만 원씩 자산이 줄어드는 셈이다. 여기에 임차료가 월 200만 원, 인건비가 매달 150만 원씩 나간다면, 이 세 가지만으로 다달이 467만 원의 비용이 드는 셈이다. 추가로 전기세 20만 원, 상하수도 요금 3만 원 등을 포함하면 약 490만 원이 고정비용과 감가상각비가 된다.

이처럼 고정비용과 감가상각비까지 감안하면 커피 한 잔의 원가는 더 복잡한 셈을 해야 한다. 변동비용 90만 원과 고정비용과 감가상각비 490만 원을 합한 580만 원이 대략적인 월 전체 비용이다. 이것을 3000잔으로 나눈 1933원이 보수적으로 계산한 아메리카노 한 잔의 원가다. 카페마다 형편이 다르기 때문에 아메리카노 한 잔의 원가도 각자 다르게 나올 것이다. 분자인 고정비용이 적을수록, 분모인 한 달에 파는 커피의 양이 많을수록 원가는 낮아진다.

이제 모든 게 끝났다고 생각하면 오산이다. 국민의 4대 의무 중 하나인 납세의무, 세금이 남았다. 간이 사업자는 1년에 한 번, 일반 사업자는 1년에 두 번 부가가치세를 납부해야 한다. 부가가치세는 매출액에서 매입액을 제한 마진에 부과하는데, 실제 부담하는 금액은 경험적으로 보면 전체 매출의 3~5퍼센트다. 여기에 5월 말에는 종합소득세를 납부해야 한다. 물론 모든 비용을 제한 과세표준이 마이너스라면 소득세가 없겠지만, 있다면 이 또한 감안해야 한다. 매출과 비용에 따라 다르지만, 전체 매출의 1.5~3퍼센트가 부담해야 하는 종합소득세다. 전체 매출의 4.5~8퍼센트를 부가가치세와 종합소득세로 몫으로 떼어놔야 비로소 사업자가 제품을 팔아 손에 쥐는 순이익이 나온다.

이상의 내용을 종합하면 한 잔에 3000원 하는 아메리카노를 팔 때 카페 사업자의 순이익은 비용 1933원과 세금 약 6퍼센트(4.5~8퍼센트의 중간 값)인 200원을 제외한 867원이 된다. 처음 원두와 테이크아웃 컵만 계산했을 때는 2700원이 남았지만, 실제 고정비용과 감가상각비, 세금까지 반영하고 나니 이익이 터무니없이 줄어들었다. 3000원짜리 아메리카노 한 잔을 팔 때 실제로 손에 쥐는 돈은 900원도 안 된다. 우유와 시럽, 캐러멜 소스 등이 들어간 메뉴는 아메리카노보다 500~1000원 비싸기 때문에 그나마 낫다.

여기에 반영되지 않은 것이 영업주의 인건비다. 아침 10시에 열어 저녁 9시까지 영업한다면 하루 11시간 동안 일하는 것이다. 한 달에 330시간 일하는 셈이니 2018년 최저 시급 7530원으로 계산해도 248만 4900원의 임금이 발생해야 한다. 쉽게 말해 약 1억 2000만 원을 들여 시작한 카페에서 벌어들이는 순이익이 아르바이트를 해서 벌어들이는 것보다 못할 수도 있다.

더 절망적인 것은 해마다 원재료 값과 최저 시급이 오른다는 점이다. 그렇다고 커피 값을 해마다 올려 받을 수도 없다. 판매량을 늘리는 방법밖에 달리 대안이 없다. 물론 직원을 쓰지 않고 가족 경영을 하면 인건비를 절약할 수 있다. 하지만 이는 절약이 아니라 가족이 다른 일을 했을 때 벌 수 있는 기회비용이다. 이런 이유 때문에 카페를 해서 가족을 부양하는 일은 참 어렵다.

"커피 한 잔 원가가 얼마나 한다고 3000원, 4000원을 받느냐"는 말은 카페를 해보지 않은 사람이 할 수 있는 말이다. 당사자가 되어보면 '이게 장난이 아니구나' 실감하게 된다. 카페를 하는 사업자도 커피 값에는 커피와 그에 적합한 서비스가 제공되어야 함을 잊지 말아야 한다. 3000~4000원을 지불하더라도 맛있는 커피를 손에 쥘 수 있다면, 고객은 커피 원가에 대해 이런저런 불평을 늘어놓지 않을 것이다. 커피가 맛없는데 그만한 가치도 못하니까 원가에 비해 비싸다는 원성이 나오는 것이다.

일본의 공짜 커피,
시루카페

아메리카노 한 잔에 900원. 저가 열풍에 힘입어 커피 값이 계속 내리막길을 걷고 있다. "이렇게 팔아 뭐가 남을까 걱정이 앞선다"는 사람과 "그동안 커피 값에 거품이 많았다"는 비판의 목소리가 혼재한다. 카페를 업으로 하는 입장에서 설명하면, 아메리카노 한 잔을 900원에 팔면 부가세 81.8원 제외하고 순수한 매출은 818.2원이다. 여기서 임차료와 인건비, 전기세, 상하수도 요금, 원두, 테이크아웃 컵, 리드와 홀더, 에스프레소 머신을 비롯한 카페 장비의 감가상각비 등을 빼면 남는 것이 없다. 오히려 팔면 팔수록 손해를 보는 구조다. 900원짜리 아메리카노만 판다면, 그 매장은 몇 달 못가 간판을 내려야 할지도 모른다.

그런데 일본에 커피는 물론 스낵과 티를 무료로 주는 카페가 생겼다고 한다. 시루카페 Shirucafé. 시루는 '알다'라는 뜻의 일본어다. 우리말로 번역하면 '지식카페' 정도가 되겠다.

이 카페의 운영 주체는 '엔리션ENRISSION'이라는 일본의 신생 기업이다. 불행히도 아무나 고객이 될 수 없고, 일본의 톱 11 대학(도쿄대학, 교토대학, 와세다대학 등) 재학생만 이용 가능하다. 카페도 해당 학교 앞에 있어서 학생증을 제시하고 음료를 주문할 수 있다고 한다. 테이크아웃뿐만 아니라 널찍한 공간을 제공하기 때문에 카페 안에서 공부하거나 팀 프로젝트 모임 등도 가능하다. 랩톱컴퓨터를 이용할 수 있는 전원이 곳곳에 있고, 휴대폰 충전 시설도 갖춰 여느 카페 못지않은 쾌적한 공간과 편리한 시설을 자랑한다.

대학 내 생활협동조합에서 운영하는 카페조차 시중보다 저렴하긴 해도 무료가 아닌데, 시루카페는 어떻게 커피를 공짜로 제공할 수 있을까? 답은 기업의 후원에 있다. 소프트뱅크, 니케이, 마이크로소프트 등 78개 일본 국내외 굴지의 기업이 스폰서다. 일본에 시루카페 매장이 11개 있는데, 평균적으로 한 매장에 연간 30개 기업이 300만 엔씩 후원한다. 한화로 환산하면 후원만으로 해마다 약 9억 원의 매출이 발생하는 셈이다. 초기 카페 세팅비와 임차료, 인건비, 재료비 등을 감안해도 수익이 꽤 발생할 것으로 보인다.

그렇다면 왜, 공익 재단도 아닌 일개 회사에 이름만 들어도 쟁쟁한 기업들이 앞다퉈 후원을 할까? 시루카페가 후원 기업들에게 제공하는 세 가지 이점 때문이다. 첫째, 테이크아웃 컵에 후원 기업의 로고를 넣어 홍보해준다. 둘째, 매장 내 디지털 사이니지로 후원 기업 관련 정보를 보여준다. 셋째, 대학과 함께 후원 기업의 채용 설명회 등을 개최한다.

기업 입장에서는 일본의 명문대 학생들에게 종전 홍보비에 비해 상대적으로 적은 비용을 지출하면서 다양한 채널로 기업을 알리고, 현장에서 우수한 직원을 채용할 수 있기 때문에 시루카페를 후원하는 것이다. 예를 들어 소프트뱅크가 11개 대학의 11개 매장을 모두 후원한다고 가정하면, 연간 약 3억 3000만 원의 비용이 발생한다. 이 금액으로 11개 대학에서 시루카페와 기업 설명회를 개최하고, 날마다 수백 명의 학생들에게 후원 기업의 로고가 노출된다면 결코 밑지는 장사가 아니다. 학생들은 재학 중 공짜 커피를 마시게 해준 기업에 대해 긍정적인 이미지를 가질 테니 이 또한 보이지 않는 효과다.

2016년 4월에는 해외 첫 지점을 인도델리공과대학 하이데라바드 캠퍼스에 열었다. 2013년 시작한 이래 3년 만에 해외에도 공짜 카페 사업이 진출한 것이다. 일본과 달리 대학 내에 카페를 열었다. 예상대로 인도 학생들의 인기는 대단하다고 한다. 인도라는 특수성을 고려해서 메뉴에 차이라테를 넣어 현지인의 큰 호응을 얻고 있다. 일본에서 파견한 학생들을 인턴십으로 채용해 경비를 절감하고, 일본 특유의 호스피탈리티(환대, 응대) 서비스도 제공한다. 이런 분위기라면 우리나라에 공짜 커피, '시루카페'가 상륙할 날도 머지않은 듯하다.

시루카페가 한국에 온다면 어느 대학에 1호점을 내고, 인근 커피 상권에 어떤 영향을 미칠까? 내가 시루카페의 운영 주체라면, 카이스트나 포항공과대학교 인근에 1호점을 낼 것이다. 서울에 우리나라의 대표적인 명문대인 서울대와 연세대, 고려대가 있지만, 임차료가 비싸고 직원의 거주비도 높기 때문에 지방이 상대적으로 경쟁력 있다. 더욱이 카이스트와 포항공대는 국내 이·공계 수재들이 모인 곳이니 기업의 후원을 받기에 좋을 것이다.

시루카페는 주변의 카페들에게 큰 위협이 될까? 나는 그렇지 않다고 판단한다. 시루카페가 핵심 상권에서 벗어난 건물의 2층이나 3층에 위치한다면 더욱더 문제가 되지 않을 것이다. 종전 카페 상권의 전체 매출이 줄기보다 시루카페의 추가적인 매출이 발생할 것으로 보인다.

다만 한국에서 확장성에는 한계가 있을 것으로 전망된다. 우선 일본인만 직원으로 쓴다는 원칙 때문에 의사소통의 한계가 있을 것이다. 무엇보다 우리나라의 뿌리 깊은 반일 정서가 큰 장애가 되리라 본다. 국내 기업이 일본 기업을 후원하는 것이기 때문에 여론의 뭇매를 맞을 수도 있다. 아마 선

뜻 후원에 나설 국내 기업을 찾기가 쉽지 않을 것이다. 결국 한국에 진출한 일본 기업이나 글로벌 기업의 후원을 받아야 한다는 한계에 봉착할 것이다. 이런 이유로 시루카페가 국내에 상륙한다면, 대표적인 명문대 서너 군데에 터를 잡지 않을까 싶다.

　나는 한국판 시루카페의 탄생을 기대하고 있다. 전국의 주요 명문대 근처에 위치한 종전의 카페에서 얼마든지 시도할 수 있는 비즈니스 모델이라는 점에서 매력적이다. 나 역시 관심이 있다. 일반 손님에게는 지금처럼 돈을 받고 음료를 제공하고, 해당 대학 재학생에게는 후원을 받은 기업 로고가 새겨진 테이크아웃 컵에 공짜 커피를 제공하면 된다. 종전 카페를 활용하기 때문에 주변 상권의 반발도 있을 수 없다. 후원 금액은 다달이 카페를 이용한 해당 대학생의 음료 잔 수만큼 사후에 지급하고, 이용자의 빅 데이터는 후원 회사에 제공하는 등 얼마든지 우리의 현실에 맞는 새로운 카페 수익 모델이 될 수 있을 것으로 본다.

최저 시급을
넘어서

며칠 전 페이스북 친구인 중견 커피 업체 대표가 "왜 우리 업계에는 좋은 인재가 오지 않는가"라며 개인적인 넋두리와 그들에 대한 안쓰러움을 담은 글을 올렸다. 내용은 이렇다. 그동안 사업을 하면서 2만 통에 가까운 이력서를 받았는데, 정말 이력서다운 것은 1퍼센트 미만이라는 얘기다. 이 업계에는 어릴 때부터 좋은 환경에서 수준 높은 교육을 받은 사람들이 거의 없다는 내용이었다. '흙수저'가 처한 작금의 문제를 극복하기 위한 방법은 균등한 교육 기회를 제공하는 것뿐이라는 개인적인 해법도 글에 담았다.

어디 이 문제가 커피 업계에 국한되는 것일까. 나는 한때 금융 대기업 인사 팀에서 신입 사원 채용을 담당했다. 신입 사원 이력서를 받아보면 명문대 출신인데도 회사명을 엉뚱하게 기입한 경우가 심심찮게 있었다. 여러 회사에 지원하면서 이력서에 회사 이름조차 고치지 않고 보냈기 때문이다. 이 정도라면 지원하는 회사에 대한 포부는 읽어보나 마나다. 당연히 이런 지원자는 학교와 학점, 영어 성적에 관계없이 서류에서 탈락시켰다. 겉으로 보이는 지원자의 능력뿐 아니라 태도 역시 중요함을 보여주는 예다.

흔히 말하는 좋은 인재가 커피 업계에 진입하기 위해 선행되어야 할 조건은 무엇일까? 나는 이 업계가 전도유망하고 일정 수준 이상의 소득을 보장할 때 해결 가능한 문제라고 생각한다. 커피 업계는 작은 카페 직원부터 큰 커피 회사의 정규직까지 영역이 다양하다.

이를 좁혀 일자리가 가장 많고 흔히 접하는 바리스타를 예로 들어보자. 바리스타는 크게 두 가지 길이 있다. 카페를 창업하거나, 남의 카페에 고용되어 일하는 경우다. 카페에서 일하는 경우 매장을 전담하는 매니저나 실력이 출중한 경우가 아니면 대개 최저 시급 수준의 급여를 받는다. 2018년 최저 시급은 작년보다 16.4퍼센트 인상되어 7530원이다. 문재인 정부의 계획대로 진행되면 2020년에 1만 원이 된다. 하루에 10시간씩 20일 일할 경우, 200만 원의 수입이 보장되는 셈이다. 이렇게 되면 앞서 언급한 좋은 인재들이 커피 업계로 진입할까? 절대 아니다.

우선 요즘 갑작스런 시급 인상 때문에 카페마다 직원이 일하는 시간을 줄이는 추세다. 시간을 줄이지 않으면, 세 사람이 할 일을 두 사람으로 조정한다. 살아남는 자의 급여는 일정 부분 오르겠지만, 상당수는 과거 일자리조차 위협받는 것이 커피 업계의 현실이다. 이뿐만 아니다. 최저 시급의 급격한 인상은 물가 인상으로 이어진다. 당장 밥값이 500원에서 1000원씩 움직이고 있다.

나를 비롯한 카페 사장들의 걱정은 최저 시급의 급격한 인상만이 아니다. 최저 시급 인상에 따른 커피 부재료 값과 임차료 등의 인상이 더 큰 고민이다. 커피 한 잔을 만들기 위해서는 원두, 우유, 시럽, 초콜릿 소스, 캐러멜 소스, 휘핑크림, 휘핑 가스, 각종 시럽 등이 필요하다. 올해 대부분의 커피 부재료 값이 10퍼센트 정도 인상되었다. 커피 음료 값을 인상하지 않고는 다른 방법이 없지만, 손님이 떨어질까 두려운 마음에 이마저 쉬운 일이 아니다. 조심스런 예측이지만, 결론적으로 지금과 같은 정부의 급여 조정으로는 커피 업계 역시 어려움에 처할 것이 분명하다.

좋은 인재는 고사하고 지금의 일자리조차 위협 받는 현실을 목도할 것이다. 정부의 과도한 개입보다 업계의 자정 노력을 제안한다. 앞서 언급한 것처럼 좋은 인재를 확보하려면 일정 수준 이상의 급여와 비전이 있어야 한다. '지금 일하는 직장 이후에는 무엇을 해야 하나'라는 고민이 쌓이면 결국 이직을 하거나, 자의 반 타의 반 직종 전환을 고려할 수밖

■ 카페에서 직원들이
커피를 추출하고 있다.

에 없다. 월급을 얼마나 줘야 실력 있고 고객 응대를 잘하는 직원을 구할 수 있을까. 월급은 기본이고, 직장의 안정성과 이 일을 계속하면 앞으로 내 생활이 나아질 수 있을 거라는 기대가 있어야 한다.

얼마 전 꽤 유명한 카페에 갔다. 매장 안은 손님으로 북적였고, 직원들은 응대하느라 정신이 없었다. 조금 놀란 것은 그 많은 직원 가운데 단 한 명도 웃는 얼굴을 보지 못했다는 점이다. 원인이 무엇일까? 장사가 잘되는 게 자기와 아무 상관이 없다고 여기기 때문이 아닐까? 이런 매장이 언제까지 장사가 잘될까? 손님을 부르는 것도 직원이고, 내쫓는 것도 직원이다. 직원이 만족하지 않으면 사업은 잘될 수 없다.

장사가 잘되는 카페에서 일정 지분을 가지고 오래도록 일하는 것이 본인이나 카페 사장에게 서로 도움이 된다. 카페에서 일하는 바리스타의 가장 큰 소망은 오너 바리스타가 되는 것이다. 그러나 현실적으로 창업을 하는 데 목돈이 드는 것은 물론, 설사 창업을 했다 하더라도 성공하는 경우는 열에 하나 정도다. 하루에 10시간씩 주 5일 일하면서 200만 원 정도 받고, 배당으로 월 100만 원쯤 나온다면 굳이 창업하지 않아도 되지 않을까?

나는 향후 여는 매장에서 직원이 지분을 원할 경우, 매입할 수 있는 옵션을 주기로 했다. 우선 성실하게 오래 일한 직원에게 더 많은 기회를 줄 것이다. 개인적인 목표는 앞으로 10년 정도 일한 직원이 급여와 배당으로 500만 원쯤 가져가는 모델을 만드는 것이다. 직원들은 매장을 찾은 손님을 자기 일처럼 웃는 얼굴로 대할 것이다. 이게 정착되면 좋은 인재들이 너도나도 이력서를 넣지 않을까?

　이것은 어디까지나 나의 사례다. 하지만 다른 요식업계에서도 적용 가능한 모델이라고 생각한다. 이미 실행에 옮겨 재미를 보는 업체도 있는 것으로 안다. 정부가 천편일률적인 정책으로 밀어붙여 부작용을 양산하기보다, 사업자가 종업원에게 배당하는 경우 배당 이자에 대한 세율을 감면하는 정책을 추진하면 어떨까? 최저 시급 인상을 넘어서는 대안이 필요한 시점이다.

카페, 어디까지 가보셨어요?

4

커피로 잠 못 드는
시애틀

    멕 라이언과 톰 행크스가 주연한 영화 〈시애틀의 잠 못 이루는 밤〉(1993년 개봉)은 시애틀을 로맨틱한 기적이 이뤄지는 곳으로 세상에 알렸다. 2000년대 이후 스타벅스가 세계적인 커피 프랜차이즈로 자리매김하면서 시애틀은 마치 커피의 성지처럼 떠오르게 된다. 세상에 이처럼 잘 포장된 도시가 또 있을까. 도시를 대표하는 명물은 대개 하나면 족하다. 파리를 상징하는 에펠탑, 로마 하면 떠오르는 콜로세움, 아테네 시내 전체를 굽어보는 파르테논신전, 런던을 고풍스럽게 하는 빅벤 등이 그 예다. 반면 시애틀을 상징하는 것은 유구한 역사를 자랑하는 유적지나 현대식 고층 건물이 아니라는 점에서 여느 도시와 다르다.

    우리나라의 노량진수산시장 격인 파이크플레이스마켓에 위치한 스타벅스 1호점은 새벽 6시부터 밤 9시까지 끊임없이 이어지는 손님을 받느라 말 그대로 북새통이다. 66제곱

■ 시애틀 파이크플레이스마켓에 위치한 스타벅스 1호점

미터(20평) 남짓한 공간은 주문하고 계산을 하려는 줄과 주
문한 커피를 기다리는 줄로 양분된다. 손님들은 대개 20분
이상 기다린 뒤에야 주문한 커피를 받아 들고 저마다 '인증
샷'을 찍느라 싱글벙글한다. 커피 맛보다 스타벅스 1호점이
주는 상징성 때문에 왔을 테니, 여기서 맛이 좋으니 나쁘니
품평하는 사람은 없다.

매장에는 신나는 음악이 하루 종일 울려 퍼지는 가운데
직원들은 가볍게 어깨춤을 추기도 하고, 서로 정겨운 눈짓
을 하며 소녀처럼 까르르 웃음을 터뜨리기도 한다. 매일같

■ 시애틀 캐피톨 힐에 위치한 스타벅스 리저브 로스터리

이 파도처럼 밀려오는 손님을 받으며 불평도 할 만한데, 직원들이 하나같이 신난 모습은 내게 신선한 충격을 안겼다. 무엇이 저들을 흥겹게 할까? 10대 후반으로 보이는 소녀부터 마흔은 족히 넘었을 중년 여성까지 직원 간에 세대 차이를 느낄 수 없었고, 일을 즐긴다는 인상을 받았다. 이게 바로 스타벅스 1호점의 힘이다.

스타벅스는 2014년 12월, '스타벅스 리저브 로스터리&테이스팅 룸Starbucks Reserve Roastery and Tasting Room'을 개장했다. 하워드 슐츠 회장이 밝혔듯이 스타벅스의 미래라고 자부할 만한 세

신나는 음악에 맞춰 흥겹게 일하는 스타벅스 1호점 직원들

계 최대 매장으로, 캐피톨 힐Capitol Hill의 오래된 건물을 개조했다. 구상 기간 10년, 면적은 1390제곱미터(약 420평)에 달하며, 한 매장을 오픈하는 데 25억 원이 넘는 돈을 썼다. 던킨 도너츠의 경쟁에 직면하고, 새로운 경쟁자로 부상하는 블루보틀과 스텀프타운커피에 대항하기 위해 그야말로 스타벅스의 모든 것을 쏟아부은 매장이다.

건장한 남자의 힘으로도 버거운 육중한 나무 문을 밀고 매장에 들어온 관광객들은 엄청난 규모와 휘황찬란한 황동색 시설에 눈이 휘둥그레진다. 나 역시 매장에 들어가는 순간, 스타벅스가 이 매장을 설계하는 데 얼마나 많은 공을 들였는지 단박에 알 수 있었다. 스페셜티급 생두를 볶고, 포장하고, 추출하는 모습이 한눈에 보이는 고급스런 공장형 매장이었다. 말 그대로 오감이 즐거운 특별한 매장을 만들었다. 스마트폰 애플리케이션으로 미리 커피를 주문하고 매장에서 받아 가는 원격 주문 서비스 '사이렌 오더siren order'까지 도입한 점은 미래형 커피 매장의 일면을 보는 듯했다.

시애틀 시내에는 스타벅스처럼 상업적으로 프랜차이즈 시스템을 갖추지 않고 오랜 세월 같은 자리에서 묵묵히 동네 명물이 된 카페도 많다. 그들은 존재 자체로 멋스럽다. 비록 많은 이들이 즐겨 찾는 관광 명소는 아니지만, 시애틀 시민들의 한결같은 사랑을 받고 있다.

다크 로스팅의 깊고 진한 맛으로 정평이 난 '카페 다르테 Caffe D'arte'는 시애틀에서 이탈리아 전통 커피 색채를 가장 잘 보여주는 곳이다. 에스프레소를 주문하면 커피와 탄산수, 초콜릿이 함께 나온다. 카페 다르테에서 에스프레소를 맛있게 즐기는 방법은 다음과 같다.

우선 탄산수로 입안을 헹군다. 앙증맞은 데미타세에 담긴 커피 한 모금을 홀짝 마시면, 묵직하고 맛있게 쓴 커피가 입안에 담겼다가 "내가 커피다"라고 자신 있게 소리치면서 목젖을 타고 식도로 향한다. 드디어 위에 살짝 내려앉은 커피

■ 카페 비타

는 온몸에 카페인을 퍼뜨리며 비로소 나를 온전히 점령했음을 선포한다. 입안에 남은 쓴맛이 입천장을 툭툭 칠 무렵, 초콜릿을 오물거리면 어느새 커피의 쓴맛과 초콜릿의 단맛이 섞이면서 혀는 마지막 잔치를 즐긴다. 남은 탄산수로 입안을 헹구면 마치 양치질한 듯 개운해진다.

고소하고 부드러운 카페라테가 제공되는 곳, 시애틀에서 어느 카페보다 물을 중시하는 곳⋯ 그 외에도 '카페 비타CAFFÉ VITA'를 상징하는 수식어는 넘쳐난다. 이곳은 우스꽝스러운

피에로 간판이 돌출되어 멀리서도 쉽게 눈에 띈다. 'V 자형' 바 정면에는 하이엔드급 에스프레소 머신의 대명사 시네소 Synesso가 떡하니 자리 잡고 있다.

카페라테를 주문한 뒤 자리에 앉아 기다린다. 에스프레소가 추출되고 이윽고 우유 스티밍이 시작된다. 힘차고 깨끗한 백색 소음이 우유를 데우고 잘 섞는다. 바리스타는 8온스(237밀리리터) 잔에 에스프레소를 붓고 그 위에 데운 우유를 따른다.

완성된 카페라테를 받아 들고 자리에 앉아 잔에 입술을 대고 커피를 입안 가득 빨아들인다. 참깨 서 말 같은 고소함과 실크처럼 부드러운 우유가 입안에 퍼진다. 입을 꼭 다물고 코로 숨을 내쉰다. 커피 향이 비강을 치고 나가면서 코털을 간지럽힌다. 다시 한 모금 입에 머금었다가 꿀꺽 삼킨다. 뜨끈한 카페라테가 목젖을 넘어 식도를 타고 내려가 위에 안착한다. 배 속에서는 커피를 더 달라고 아우성이다. 그러기에 8온스는 너무 적은 양이다. 카페 비타는 그 이름이 말해주듯 내 인생의 카페라테로 또 하나의 약력을 쌓는다.

그 외에도 도심에는 시애틀의 커피 전통을 이어가는 카페가 즐비하다. 소규모 로스터리 카페는 대부분 나름의 블렌딩과 로스팅 비법으로 직접 볶은 원두를 사용하고, 고객에게 판매하기도 한다. 원두를 구매하는 손님에게 커피 한 잔을 무료로 제공하는 점은 다른 곳에서 보기 힘든 독특한 풍경이다. 마치 우리의 푸근한 인심과 덤 문화를 보는 듯 정겨웠다. 스타벅스를 비롯한 시애틀의 수많은 카페는 커피에 홀린 전 세계 커피 애호가들을 마법처럼 불러 모은다.

킨포크 라이프의 성지에서 만난
최고의 커피

　시애틀에서 차로 세 시간 거리에 있는 포틀랜드는 오리건 주에서 가장 큰 도시다. 서울의 약 60퍼센트 면적에, 강남구의 인구와 비슷한 60만여 명이 사는 미국의 대표적인 항만 도시이기도 하다. 스포츠 브랜드 나이키의 본사가 있고, 미국 여느 도시와 달리 약 10퍼센트에 달하는 판매세를 내지 않아 물가가 상대적으로 저렴한 편이다. 시내에는 수제 맥줏집과 로스터리 카페, 오너 셰프가 운영하는 수많은 음식점이 있어 식도락가에게 천국과 같은 곳이다. 이외에도 포틀랜드는 최근 유행하는 자연 친화, 간소함, 느림의 미학을 추구하는 '킨포크 라이프kinfolk life'의 성지로 알려지면서 세계적으로 명성을 떨치고 있다.

　마침 내가 찾은 일요일은 사우스이스트 호손Southeast Hawthone 지구에서 지역 축제가 열렸다. 각양각색의 음식을 파는 푸드 트럭, 지역 특산품을 팔러 나온 상인, 쓸모없어진 오래된

■ 거리에서 노래하는 히피

가재도구를 내다 파는 벼룩시장이 장사진을 이뤘다. 거리는 그야말로 발 디딜 틈 없이 사람들로 가득 찼다. 아이들을 위한 무대에서는 우스꽝스러운 복장을 한 배우가 기타 반주에 맞춰 익살스럽게 구연동화를 하고 있었다. 히피로 보이는 남녀 한 쌍은 길바닥에 앉아 돈을 주고는 차마 듣지 못할 노래를 자기 흥에 겨워 부르고 있었다. 나 역시 길거리 음식을 먹고, 거리 악사의 연주에 맞춰 사람들과 함께 춤을 추면서,

■ 우스꽝스러운 복장을 한 배우가 기타 반주에 맞춰 구연동화를 하고 있다.

독특한 방식을 고수하는 포틀랜드 사람들의 삶에 잠시나마 동화되었다.

널찍하고 탁 트인 공간, 스테인리스 콘 필터 커피를 처음 선보인 곳으로 정평이 난 '코아바 커피 로스터스Coava Coffee Roasters'는 자유분방함 가운데 질서가 있으며, 비었으나 공허함을 느낄 수 없는 독특한 곳이다. 약 6미터 높이 천장에 약 330제곱미터(100평)나 되는 공간에 테이블이 네 개뿐이다.

공간을 비효율적으로 사용하는 것 같으나, 덕분에 손님은 무한한 해방감과 자유를 만끽할 수 있다.

이곳에서는 에스프레소 머신 추출과 스테인리스 콘 필터 드립으로 커피를 즐긴다. 원두도 두 가지를 선택할 수 있으니, 추출 방법과 원두를 달리하면 네 가지 맛을 경험할 수 있다. 무더운 날씨에 오랜 시간 걸은 터라 아이스아메리카노를 주문했다. 추출은 에스프레소 머신, 원두는 '산타소피아 온두라스'로 골랐다. 빨대로 커피 한 모금을 쭉 빨아올렸다. 입안 가득 퍼지는 기분 좋은 청량감 때문인지 "와아" 탄성이 절로 나왔다. 개운한 커피란 바로 이런 것을 두고 하는 말인가 싶을 정도로 깨끗하고 깔끔했다. 한 모금을 더 빨아들이자 아열대 과일 향이 혀를 감싸 안았다. 더위와 피로에 지친 몸이 위로 받기에 충분한 커피다.

시원한 커피 한 잔을 맛있게 비우고, 나머지 원두인 '루이스 마드리아노 온두라스'가 궁금해졌다. 추출법은 이 집의 자랑인 스테인리스 콘 드립으로, 종이 필터와 달리 기름기가 많은 커피를 추출하는 데 좋다. 한국이나 일본처럼 섬세한 드립은 아니지만, 아카이아 전자저울로 사용할 원두를 정확히 계량한 뒤 추출을 시작했다. 바리스타는 오직 맛있는 커피 한 잔을 위해 가벼운 춤을 추듯 팔을 움직여 커피를 추출했다.

▌ 위_커피를 추출하는 코아바 커피 로스터스 바리스타
▌ 아래_코아바 커피 로스터스

이윽고 따뜻한 커피 한 잔이 내 앞에 놓였다. 잔에 입술을 대고 커피를 마시기 전에 킁킁거리며 모락모락 피어오르는 커피 향을 만끽했다. 구수한 커피 향이 코털을 간지럽혔다. 더는 기다릴 수 없어 한 모금 삼켰다. 기대한 대로 쓴맛보다 가벼운 신맛이 지배적인 커피다. 그렇다고 미간을 찌푸릴 만큼은 아니어서 누구나 부담 없이 좋아할 만했다.

블루보틀과 함께 미국 서부의 신흥 강자로 떠오르며 스타벅스를 긴장시킨 스텀프타운커피는 포틀랜드의 작은 카페에서 시작되었다. 대개 유명한 카페의 1호점이 그렇듯, 여기도 그 위치나 규모 때문에 하마터면 지나칠 뻔했다. 66제곱미터(20평) 남짓한 공간을 커피 바, 로스팅 스페이스, 손님 테이블 등 크게 세 부분으로 나눠 공간 활용을 극대화한 점이 인상적이었다. 손님 테이블이 놓인 공간에는 벽 가득 그림을 걸었는데, 가격표가 붙어 있는 것으로 보아 판매도 하는 모양이다. 유명한 카페의 1호점 정도 되면 순례객으로 붐비는 것이 보통인데, 나 외에는 관광객으로 보이는 사람이 없다는 점이 좀 의아했다.

에스프레소를 베이스로 한 커피도 충분히 매력적이지만, 스텀프타운커피의 매력은 누가 뭐라 해도 콜드브루가 아닐까? 나는 세 가지(오리지널, 스몰 배치, 니트로) 콜드브루 중 스몰 배치를 주문했다. '뜨거운 커피는 코로 마시고, 차가운 커피

■ 스텀프타운커피 1호점

는 눈으로 마신다'는 말이 있다. 갈증이 단박에 해소되는 청량감이 지배적인 가운데, 우리네 보리차 같은 구수함이 입안 가득 감돌았다. 카페인 부담이 없다면, 몇 잔이라도 마실 수 있을 만큼 부드럽고 정갈한 맛이 일품이었다. '이래서 스텀프타운 하면 콜드브루라고 하는구나'를 실감하는 순간이었다. 콜드브루를 병과 캔에 담아 판매하여 기호에 따라 골라 마시는 즐거움도 있다.

카페라테는 부드러움과 고소함이 매력인데, 역시 기대를 저버리지 않았다. 강하게 로스팅하지 않았는데도 신기하게

171

신맛이 별로 없고, 전체적으로 균형 잡힌 맛이 매력적이었다. 시애틀의 카페 비타와는 또 다른 카페라테의 신세계를 경험하는 순간이었다. 커피에 살짝 얹힌 우유 거품이 실크처럼 부드럽고, 에스프레소와 잘 섞여서 우유 맛을 느낄 수 없을 정도로 고소했다. 스팀 온도 또한 적당해서 비리거나 텁텁하지 않았다. 카페라테의 교과서를 보는 듯 황홀했다.

시애틀의 커피가 대중적인 맛을 추구한다면, 포틀랜드의 커피는 개성이 충실히 표현된 맛이라고 볼 수 있다. 로스팅 정도 역시 시애틀은 중강 이상으로 볶아 쓴맛을 강조한 카페가 많은 반면, 포틀랜드는 중간 볶음으로 신맛과 커피의 복합적인 맛을 내려는 카페가 주를 이뤘다. 내가 찾은 포틀랜드 카페는 대부분 스페셜티급 생두와 그보다 귀하다는 마이크로 랏 생두를 산지 농장에서 직접 가져와 자가 사용과 판매를 겸하고 있었다. 시애틀의 스타벅스가 잘 짜인 시스템과 거대 자본으로 견고하게 쌓은 영주의 성이라면, 포틀랜드의 스텀프타운커피는 오직 실력과 지역 주민과 관계를 통해 쌓아 올린 정겨운 시골집 토담이다.

고려인 바리스타
이알렉세이의 꿈

　러시아 옌하이저우沿海州는 1830년 한인 12가구가 정착한 것을 시작으로, 구한말 끔찍한 흉년이 들어 배고픔을 해결하고자 대규모 한인 이주가 있었던 우리 민족의 슬픈 역사가 배어든 곳이다. 이들은 조선이 일본에 강제 합병되면서 어쩔 수 없이 귀국을 포기하고 러시아로 귀화했다. 과거 옌하이저우는 중국 상하이上海와 더불어 항일 독립운동의 전초기지로 크나큰 역할을 했다. 독립운동가 이상설 선생의 유허지, 일본과 무장투쟁을 벌이다 순국한 최재형 선생의 생가가 옌하이저우 우수리스크에 남아 있다.

　한인(이하 고려인)들은 비록 서툴지만 한국어를 잊지 않고 있으며, 아버지의 한국 성姓을 따라 이름을 짓는다. 그들은 현재 러시아 경제의 한 축을 담당하며, 맡은 바 자기 몫을 다하고 있다. 그 가운데는 커피를 천직으로 생각해 미래를 걸고 정진하는 젊은이도 적지 않다. 나는 우수리스크를 찾아

▌이상설 유허비

커피에 푹 빠져 착실하게 꿈을 키워가는 고려인 바리스타, 이李알렉세이를 만났다.

그를 만나기 위해 고려인문화센터에 갔을 때, 1층 현관에서 고려인으로 보이는 할머니 한 분과 마주쳤다. 나는 정중하게 목례를 하고 "안녕하세요" 인사를 드렸다. 할머니는 2층 카페로 향하는 내게 "한국인이오? 여기는 어인 일이오?"라고 물었다. 조금 어눌한 발음으로 보아 고려인이 분명했다. "네, 할머니. 한국에서 왔고요, 일 때문에 잠시 들렀어

▎ 최재형 생가 앞의 필자

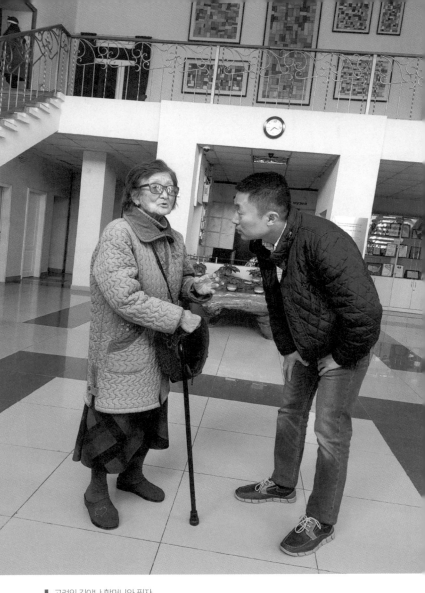

▌ 고려인 김야나 할머니와 필자

요.""반갑소. 잠시 얘기할 수 있소?" 기대하지 않은 귀한 선물을 받은 것처럼 기쁜 일이었다.

고려인 2세인 할머니 성함은 김야나(김정옥)이며, 1928년 생으로 올해 연세가 아흔이었다. 사연을 들어보니 부모님께서 일제강점기(1928년)에 가난과 일본의 핍박을 못 이겨 블라디보스토크로 이주했다. 그해 할머니가 태어났고, 지금까지 이곳에 산다고. 젊을 때 구소련에서 공장노동자로 일했는데, 1965년 우수 노동자로 선발되어 포상을 받기도 했다.

혹시 한국에 가고 싶지 않은지 여쭸다. 어릴 적 부모님에게서 한국의 고향 산천에 대한 이야기를 하도 많이 들어서인지 지금도 한국이 무척 궁금하고 그립다고 했다. 현재 당신의 아들은 모스크바에서 고위 군인으로 근무하고 있다며 자랑스럽게 말했다. 할머니 이야기를 더 듣고 싶었지만, 아쉬움을 뒤로한 채 작별 인사를 하고 2층에 있는 카페로 걸음을 옮겼다.

카페 문을 열고 들어설 때 서쪽 창문으로 잘 익은 군고구마 속살 같은 석양빛이 스며들어 카페 안을 따스하게 비췄다. 카페 맨 안쪽에서는 바리스타 한 명이 능숙한 손놀림으로 에스프레소 머신을 다루고 있었다. 그에게 다가가 에스프레소와 카푸치노를 주문했다. 그라인더에서 원두를 덜어 포터필터에 담고 탬핑하는 그의 손을 관찰했다. 어디에서

■ 고려인 바리스타 이알렉세이

배웠는지 모르나 동작 하나하나가 군더더기 없이 깨끗하고 정교했다.

커피를 받아 들고 테이블에 앉아 커피를 들이켰다. '질 좋은 원두를 구하기 쉽지 않은 상황에서 이 정도면 바리스타가 할 일은 다한 셈'이라고 생각하며 마음속으로 그에게 박수를 보냈다.

올해 스물여섯인 알렉세이는 고려인 4세다. 그는 살뜰한 아내와 눈에 넣어도 아프지 않을 사내아이 둘을 둔 가장이다. 그는 우즈베키스탄에서 태어나 2년제 대학을 졸업했다. 대학에서 프로그래밍을 전공했으나, 마땅한 직장을 구할 수 없고 적성에도 맞지 않아 레스토랑에 취업을 했다. 그 후 지금의 아내와 결혼했다. 그는 한국에 대한 막연한 호기심이 있던 차에 가족을 부양하고자 2년 전쯤 한국 땅을 밟았다. 광주광역시의 한 플라스틱 공장에서 일할 때, 생애 처음 에스프레소 머신으로 추출한 원두커피를 맛보고 커피에 매료되었다.

그가 커피를 처음 접한 것은 우즈베키스탄에서 부모님과 살던 열여섯 살 때다. 물론 그때는 원두커피가 아니라 커피 분말을 물에 타는 인스턴트커피를 마셨다. 어리고 커피 맛도 잘 모르던 때라 관심을 두지 않았다. 한국에서 커피와 운명적으로 만나면서 마음속에 커피가 자리 잡기 시작했다.

2년간 공장 생활을 마친 그는 적지 않은 돈을 쥐고 사랑하는 아내와 두 아들이 있는 우수리스크로 돌아왔다.

알렉세이는 아내에게 커피를 직업으로 삼고 싶다고 조심스럽게 얘기를 꺼냈다. 다행히 아내의 승낙을 받고, 몇 달 전부터 커피를 배우고 있다. 지금은 우수리스크 고려인문화센터 내에 위치한 카페에서 아르바이트를 하며 꿈을 키워간다. 나는 그에게 왜 커피를 좋아하고, 일생의 직업으로 삼게 되었는지 물었다. "커피가 그냥 좋아요. 커피를 마시는 것도 좋고, 사람들에게 커피를 만들어주는 과정이 행복해요. 커피 머신 앞에 서면 힘이 나고 즐거워요. 사람들이 제 커피를 마시고 좋아하는 모습에서 보람을 느끼고요. 그래서 이 일을 해야겠다고 마음먹었어요."

알렉세이의 친구들도 커피를 좋아하는지, 혹시 바리스타로 일하는 친구가 있는지 궁금했다. "제 주변에도 커피를 즐겨 마시는 친구들이 많아요. 그 가운데 카페에서 일하는 친구도 있고요. 우수리스크에서 커피는 젊은이들에게 인기 있는 음료예요. 그래서 청년들이 관심이 많고, 커피를 가르치는 학원도 있어요." 카페에서 버는 돈으로 가족을 부양하는 그는 비록 빠듯한 살림이지만, 경험을 충분히 쌓은 뒤 카페를 차리는 것이 지금의 목표라고 했다.

우즈베키스탄에는 부모님과 여동생이 있지만, 그곳은 카

페를 하기에 여건이 좋지 않아 우수리스크에 산다고 했다. 이곳에 처가 식구들이 있고, 친구도 많아서 제2의 고향이라고 여기며 산다고. 인터뷰를 마치고 그와 헤어지기 전에 악수를 나눴다. 물을 많이 만져서인지 곱상한 외모와 달리 그의 손은 거칠고 건조했다. 그만큼 알렉세이는 커피에 집중하고 있는 것이다. 머지않은 날 그의 이름을 건 카페에서 맛있는 커피 한 잔 마실 수 있기를 기대하고 응원한다.

무지개 빛깔의 커피가 있는 곳, 블라디보스토크

고종은 구한말 조선의 커피 역사에서 단골로 등장하는 인물이다. 그가 조선 최초로 커피를 마셨다는 설은 비록 사실이 아니지만, 커피에 흥미로운 스토리를 부여한다는 점에서 커피 애호가의 호기심을 유발한다. 러시아가 1896년 아관파천을 기점으로 조선 왕가에 커피를 제공했다는 것은 시대적 상황으로 보아 부인할 수 없을 듯하다. 100여 년 전 우리에게 커피를 전한 러시아인들은 지금 어떤 커피를 즐기며, 그 문화는 어떨까?

블라디보스토크는 러시아의 군사전략적인 요충지일 뿐만 아니라 경제적인 측면에서도 상당히 중요한 위치에 있는 항구다. 육로는 중국과 북한이 맞닿아 있고, 해상은 동해를 거쳐 태평양으로 나갈 수 있다. 킹크랩과 생선 등 해산물이 풍부하고, 꿀과 초콜릿 제품이 저렴하다. 예술의 나라답게 마린스키극장에서는 우리나라의 10분의 1 가격으로 세계적인 발레와 오페라 공연, 오케스트라 연주를 감상할 수 있다. 커피도 다양한 형태로 발달해 커피 마니아라면 한번쯤 방문할 만한 가치가 있는 곳이 블라디보스토크다.

엔하이저우 정부 청사 맞은편 건물 2층에 자리한 '카페마 커피Kafema Coffee'는 마이크로 랏을 비롯해 양질의 상업용 생두를 사용하는 블라디보스토크에서 몇 안 되는 카페다. 15년 전쯤 하바롭스크에서 처음 문을 연 카페마는 이듬해 블라디보스토크로 진출했다. 모스크바에 있는 대행사를 통해 세계 각지의 생두를 공급받는데, 중앙아메리카 엘살바도르에는 직영 농장도 있다.

카페마의 손님 열 명 가운데 여덟 명은 카푸치노를 주문한다. 그만큼 카푸치노는 이곳의 대표 메뉴이자 자랑이다. 나도 카푸치노를 주문했는데, 크림같이 부드러운 질감과 특유의 고소한 맛이 일품이었다. 거품이 곱고 풍성하며, 카푸치노 라테아트도 예쁘고 균형감 있게 잘 나왔다. 전체적으로 밸런스가 훌륭하고, 누구나 거부감 없이 즐길 수 있는 매력적인 커피다.

에스프레소 머신계의 명품으로 손꼽히는 슬레이어Slayer를 사용하는 점도 인상적이었다. 매니저인 마샤는 "매주 일요일 오전 11시에 한 시간 동안 유료 커피 교실을 여는데, 주로 여성들이 참여한다. 하우스 원두 종류를 매주 달리하기 때

■ 블라디보스토크에서 질 좋은 생두를 쓰는 '카페마 커피'

문에 손님들이 다양한 커피를 맛볼 수 있는 점이 특징이다. 이곳에서는 핸드 드립, 사이펀으로 추출한 커피도 맛볼 수 있다. 커피 값이 상대적으로 비싼 편이지만, 차별화된 맛과

분위기를 찾는 단골 고객이 많다. 외국인도 많이 오는데, 특히 중국인과 투르크메니스탄 사람에게 인기가 있다"고 말했다.

▌'파이브어클락커피'에서 차를 마시는 중·고생들

　　카페마가 커피 본연의 맛에 충실하다면, '파이브어클락커
피Five o'clock coffee'는 커피에 조금 힘을 빼고 차와 디저트의 조
화를 강조한 곳이다. 조각 케이크, 파이, 머핀 등이 맛있어서
특히 여성에게 인기다. 이곳을 자주 찾는다는 나타샤는 "러
시아 사람들은 집에서 주로 차를 마시는데, 커피를 추출하

는 기구가 없기 때문이다. 질 좋은 원두를 구하기도 어려워 맛있는 커피를 마시고 싶으면 이 카페를 찾는다. 나는 신기하게도 차를 마시면 수면에 문제가 없는데, 오후 늦게 커피를 마시면 밤에 고생해서 조심한다. 요즘 젊은이는 물론이고 어른들도 커피를 많이 마시는 것은 몇 년 전부터 좋은 커피가 수입되면서 사람들이 맛있는 커피의 맛을 알게 되었기 때문이다"라고 말했다.

중·고등학생으로 보이는 여자아이 둘이 다정하게 차를 마시고 있어 말을 걸었다. 그들 역시 평소 커피를 즐겨 마시는데, 여기는 차가 맛있어서 일주일 한 번쯤 찾는다고 했다. 특히 품질이 좋은 녹차를 마시고 싶으면 친구들과 파이브어 클락에 온다고 했다. 그 시각 매장에 있는 열두 명의 손님 가운데 아홉 명이 차를 즐기고 있었다.

블라디보스토크에서 가장 실험적인 커피를 맛보고 싶다면, 아르바트 거리에 위치한 '프로코피Procoffeey'가 제격이다. 무지개 빛깔의 라테아트, 세계 어느 곳에서도 맛보지 못한 맛과 향의 커피는 이곳의 경쟁력이자 특징이다. 여러 가지 색 시럽으로 장식한 카페라테는 바리스타의 손이 많이 가는 만큼 값이 좀 비싸지만, 그 비주얼만으로도 맛 이상의 보상을 준다. 차가버섯과 오미자 시럽을 섞은 아메리카노도 독특한데, 한번쯤 경험해볼 만한 가치가 있다.

■ 블라디보스토크에서 맛볼 수 있는 '프로코피'의 무지개 빛깔 카페라테

위치와 간판이 애매해서 찾기 어렵지만, 일단 카페 안에 들어오는 순간 천창과 벽에 걸린 형형색색의 조형물이 눈을 즐겁게 한다. 커피는 물론 해외의 유명한 요리학교에서 음식을 공부한 주인은 커피에 대한 자부심이 높다. 특이한 커피를 내놓는다고 커피의 기본에 충실하지 않은 것은 아니다. 시럽과 다른 재료를 섞지 않은 커피 역시 한국의 웬만한 부티크 카페 이상의 맛을 보장한다. 그래서일까. 블라디보스토크에서 외국인이 가장 많이 찾는 카페는 프로코피라고 해도 과언이 아니다.

미국을 대표하는 세계적인 커피 브랜드가 스타벅스라면, (비록 로컬 브랜드이기는 하나) 러시아를 대표하는 커피 브랜드는 일명 '해적커피'로 유명한 로딩커피Loading coffee다. 아메리카노는 손님 가운데 열 명 가운데 아홉 명이 마실 정도로 이 카페를 대표하는 메뉴다. 유럽 커피에 익숙한 사람은 로딩커피가 조금 연하다고 느낄 수 있다. 하지만 러시아인의 기호에는 로딩커피만 한 것이 없는 듯하다. 아르바트 거리의 로딩커피 매장에서 만난 20대 중반의 직장 여성 아냐는 "로딩커피는 값이 싸고 맛이 괜찮아서 하루에 세 잔 마신다"고 했다. 내가 맛본 로딩커피는 기대 이상으로 부드럽고 구수하다. 바디감과 향미를 강조한 커피를 선호하는 사람에게는 어울리지 않지만, 연한 커피를 찾는 이들에게 제격이다.

　아냐는 "카페마처럼 고급 원두를 사용하는 카페는 한 달에 한두 번 가고, 로딩같이 값싸고 맛있는 카페를 즐겨 찾는다"고 했다. "만약 스타벅스가 러시아에 진출하면 가겠느냐"라는 질문에 "한두 번은 가겠지만, 아마 로딩커피를 계속 마실 것"이라고 했다. 아냐는 몇 년 전 한국에서 직장 생활을 할 때 스타벅스를 경험했지만, 자기 입맛에는 로딩커피가 더 맞는다고 했다.

몇몇 카페를 제외하고 길거리에서 흔히 마주치는 러시아 커피는 '뭐 이렇게 밋밋하고 싱거운가' 하는 느낌이었다. 그러나 몇 번 더 마시고 나니 '이것도 나름 마실 만하구나'라는 생각에 이르렀다. 맛없는 커피가 아니라 간이 조금 다른 커피인 것이다. 지역과 민족마다 즐겨 마시는 커피의 맛과 농도가 다른 것은 나라와 민족마다 다른 언어를 사용하는 것만큼 이질감을 준다. 하지만 그것은 무지개가 다른 빛깔이어서 아름답고 조화로운 것처럼 매력적이다. 이것이 내가 세상의 모든 커피를 찾아 나서는 이유이기도 하다.

커피로 맺은
인연

　대학 시절 내가 가장 애정을 쏟은 것은 차茶와 함께한 시간이다. 매주 토요일 오후 인사동에 들러 마음에 드는 다구茶具와 좋아하는 차를 사는 재미는 무엇과도 비교할 수 없는 즐거움이었다. 지금 내가 커피를 업으로 삼은 것도 그때의 영향인지 모른다. 당시 좋아한 차는 대부분 타이완의 고산지대에서 생산된 것이라, 내 마음속에는 타이완에 대한 막연한 동경이 자리 잡았다. 그동안 수많은 나라를 여행했지만, 어떤 이유인지 타이완에 갈 기회는 잡지 못했다.

　2016년에 내가 집필한 《커피집을 하시겠습니까》가 지난해 타이완에서 번역·출간되었다(《想開咖啡館嗎?》). 평소 타이완의 카페와 커피 농장이 궁금했기에, 좋은 기회다 싶어 타이완 커피 여행을 떠나게 되었다. 지난해 11월, 타이베이臺北 도심과 구컹古坑 지역의 고산을 두 발로 누비며 타이완의 카페와 커피 농장을 경험했다.

■ 수확한 커피 체리에서 과육을 벗겨내고 햇볕에 생두를 건조하고 있다.

동틀 무렵인 새벽 6시, 기차를 타기 위해 호텔에서 타이베이 역으로 향했다. 목적지는 커피 농장으로 가는 길목인 더우류斗六 역이다. 급행열차를 타면 한 시간에 닿을 거리지만, 완행열차뿐이라 가다 쉬다 하며 세 시간 반 만에 목적지에 도착했다. 커피 농장이 있는 화산華山 커피거리는 마을버스나 택시로 가야 하는데, 비용을 고려해 몇 시간에 한 대꼴로 있는 마을버스를 택했다. 오전 11시 정각에 와야 하는데,

▌'스둔커피' 전경

10분이 지나도 버스가 보이지 않았다. 역내에 위치한 안내소에 문의하니 오늘은 그 시간에 배차가 안 되었다고 한다. 두 시간을 더 기다릴 수는 없어서 택시를 타고 화샨 커피거리로 향했다.

타이베이에 있을 때는 타이완이 아열대기후라는 생각을 못 했는데, 가는 길목에 좌우로 늘어선 파인애플 농장과 바나나를 보고 갑자기 더워지는 것을 느꼈다. 꼬불꼬불한 시골길을 20여 분 달린 뒤 경사가 급한 오르막길을 10여 분 더

달렸다. 택시 기사는 카페 앞에 정차한 뒤 여기가 화샨 커피 거리라고 했다. 내가 예상한 커피거리와 판이해서 다시 한 번 맞는지 물었다. 택시 기사는 여기가 맞는다며 내리라고 했다.

'스둔石墩커피'라고 커다란 간판을 단 카페에 들어가 여주 인에게 이 근처에 커피 농장이 어디 있는지 물었다. 자기들 도 커피 농장이 있는데, 오늘은 시간이 없어 보여줄 수 없다 고 했다. 내가 직접 다른 커피 농장을 찾아가야겠다고 마음 먹고 발걸음을 옮겼다.

과거 다른 나라의 커피 산지와 마찬가지로, 근처에 커피 농장이 있을 거라는 순진한 내 예상은 보기 좋게 빗나갔다. 차도로 산 정상까지 한 시간 반 남짓 걸어 올라갔으나, 결국 커피 농장에 닿을 수 없었다. 산 정상 바로 아래 위치한 카페 에 들어가 화샨 커피거리가 어디냐고 물으니, 어느 쪽에서 왔느냐고 되물었다. 자초지종을 설명하니 스둔커피 위로 난 거리가 바로 당신이 찾는 그곳이라고 했다. 다시 걸어 내려 오는데, 내가 그렇게 한심스러울 수 없었다. 기온이 30도에 육박하고, 하늘은 구름 한 점 없이 깨끗해서 햇볕이 무척 따 가웠다.

화샨 커피거리로 돌아와 이 동네에서 제법 유명하다는 '라오우老吳커피장원'에 들어갔다. 아이스커피 한 잔을 주문

▌ 잘 익은 커피 체리를 일일이 손으로 수확하는 농부와 필자

했다. 목이 타 들어가는 것 같은 갈증 때문에 커피를 생수처럼 숨 한 번 안 쉬고 벌컥벌컥 마셨다. 타이완에서 마신 커피 가운데 가장 맛있었다. 두 시간 반 동안 뙤약볕 아래서 땀을 뻘뻘 흘리며 걸은 뒤였으니 그럴 만도 하다.

한숨을 돌리고 직원에게 사장님을 뵐 수 있는지 물었다. 직원은 내 말을 기다렸다는 듯이 사장에게 전화를 걸었다. 10분도 안 돼 한눈에도 인텔리로 보이는 노인 한 분이 카페에 나타났다. 나는 사정을 설명하고, 한국에서 뭘 하는 사람인지 주절주절 이야기했다. 타이완에서 내 책이 번역되어 나온 것도 빼놓지 않았다. 그는 내 얘기를 한참 동안 듣더니 무엇을 도와주면 되는지 물었다. 커피 농장을 보고 싶다고 말했다. 스티브 우라고 소개한 그는, 자기 농장은 해발 1300미터에 있어 차로 가도 한 시간 이상 걸리기 때문에 지금은 볼 수 없다고 했다. 대신 차로 5분 거리에 보여줄 수 있는 다른 커피 농장이 있으니 가지 않겠느냐고 되물었다.

족히 20년은 지났을 것 같은 그의 BMW 3 시리즈 자동차에 올랐다. 차량은 오래되고 낡아서 조수석 창문조차 열리지 않았다. 그럼 어떠랴. 커피 농장에 갈 수 있다면. 자동차는 경사지고 울퉁불퉁한 산길을 5분 정도 달린 뒤 산비탈 아래 멈췄다. 급경사 나무 계단 수백 개를 오르고, 보기에도 위험천만한 출렁다리를 건넜다. 잠시 후 거짓말처럼 수백 그

루의 커피나무가 눈에 박혔다. 신기하게도 왼쪽에는 차나무가, 오른쪽에는 커피나무가 있었다.

나는 오랫동안 헤어진 가족을 다시 만난 것처럼 커피 체리를 하나하나 손으로 쓰다듬은 뒤 커피나무를 와락 껴안았다. 내 모습을 곁에서 지켜본 그는 지금 그 모습을 사진으로 남기고 싶다며 셔터를 눌렀다. 그의 설명에 따르면, 여기는 해발 650미터 정도라 차와 커피를 동시에 재배하기에 적당하다고 했다. 그러나 최상급의 커피를 얻기에 적합하지 않다는 말도 덧붙였다.

신기한 것은 이 농장이 내가 택시에서 내려 처음 방문한 스둔커피의 소유라는 점이다. 내가 가고 싶었던 농장인데, 귀인을 만나 이렇게 방문하다니 세상은 참 오묘하고 재미있다 싶었다. 스티브 우는 다른 커피 농장을 볼 생각이 있는지 물었다. 좋다고 흔쾌히 대답하고 올드 카에 올랐다. 그러면서도 수중에 타이완 달러가 얼마 되지 않아 '사례비로 얼마를 지불해야 하나' 작은 불안감이 일었다. 조심스럽게 물으니, 내 쪽을 바라보고 씩 웃으며 우리는 이제 친구니까 그런 것은 필요 없다고 했다.

다른 농장에서 만난 노부부는 정성스럽게 키운 커피나무에서 잘 익은 커피 체리를 일일이 손으로 수확하고 있었다. 스티브 우는 간단히 내 소개를 하고 인사를 시켰다. 나는 정

중하게 허리를 숙여 인사를 올렸다. 그들은 나를 마치 오래
전부터 오기로 한 손님처럼 반갑게 맞아주었다.

　스티브 우의 매장으로 돌아와 그에게 감사 인사를 하고,
한국에 돌아가면 다시 연락을 하겠노라고 했다. 그는 더우
류 역으로 가는 마을버스 시간을 확인해주었다. 버스 시간
이 남아 정류장으로 가는 길에 스둔커피에 들렀다. 스티브
우와 통화했는지 나의 모든 것을 꿰고 있었다. 자기 농장에
도 간 것을 알고, 느낌이 어땠는지 물었다. 나는 사이펀으로

추출한 타이완 커피 한 잔을 마시면서 당신들은 정말 멋진 커피 농장을 가지고 있다며 감사의 마음을 담은 찬사를 보냈다. 커피 한 잔을 맛있게 비우고 정류장으로 발걸음을 돌렸다.

한참을 내려가는데, 스둔커피의 여주인이 스쿠터를 타고 나에게 다가왔다. 그는 내가 정류장을 못 찾을까 봐 걱정되어 따라왔노라고 했다. 그도 그럴 것이 정류장은 구멍가게 건너편에 표지판 하나 없이 마을 사람들만 아는 장소였다. 나는 감사한 마음에 그와 포옹했다. 그의 마음 씀씀이가 고마워 볼 사이로 더운 눈물이 흘렀다.

밤 11시쯤 호텔로 돌아왔다. 커피 농장에 다녀오는 데 정확히 17시간이 걸렸다. 비록 커피 농장과 카페에 머문 시간은 얼마 되지 않았지만, 경험의 질로 보면 몇 달을 머문 것보다 값지고 알찬 시간이었다. 어떻게 생면부지의 외국인에게 이토록 친절할 수 있을까. 나는 커피에서 답을 찾았다. 커피 농장을 가꾸고 카페를 운영하며 살아가는 그들에게 한국에서 커피 하나 때문에 타이완의 시골까지 찾아온 나는 이미 같은 곳을 바라보는 동지나 마찬가지였던 것이다. 이게 바로 커피가 주는 매력이자 힘이며 향기다. 이 맛에 커피 여행을 한다.

커피 도락가의 낙원,
타이완

　내가 타이완으로 커피 여행을 떠난다고 했을 때 지인들의 반응은 "타이완 사람들도 커피를 많이 마시나?"였다. 중국이나 타이완 하면 떠오르는 차에 대한 이미지가 워낙 강렬해서다. 타이완은 차 관련 산업이 상당히 발달한 것은 물론, 커피 관련 도구와 기계를 자체 브랜드로 생산하거나 OEM(주문자상표부착생산)으로 유명하다. 역사와 전통을 자랑하는 카페도 다수 있고, 거리마다 독특한 형태의 프랜차이즈 카페가 많아 커피 애호가에게 더할 나위 없는 즐거움을 준다.

　1956년 문을 연 '펑다카페이蜂大咖啡'는 명실상부 타이완에서 가장 오랜 역사를 자랑하는 카페다. 시먼西門 역 1번 출구에서 100여 미터 떨어진 곳에 위치한 펑다카페이는 환갑이 넘은 나이에 걸맞게 중년 이상의 손님들이 주를 이룬다. 노련한 손맛과 숙련된 서비스를 자랑하는 직원들 역시 모두

■ '펑다카페이' 앞에 길게 줄을 선 손님들

불혹을 넘겼다. 오랜 세월의 흔적을 고스란히 간직해 먼지
가 켜켜이 쌓인 커피 소품과 네 귀퉁이가 닳은 커피 테이블
은 요즘 유행하는 현대적 감각의 세련된 인테리어와 거리가
멀다. 하지만 이곳은 고풍스러움과 인간미 넘치는 분위기
때문에 언제나 손님들로 발 디딜 틈이 없다.

직접 수십 종의 생두를 볶아 사용하는 이곳은 언제나 신선하고 맛 좋은 원두가 가득하다. 집에서 커피를 내려 마시기 위해 줄 서서 원두를 사 가는 모습은 이곳에서도 낯선 풍경이 아니다. 타이완의 많은 사람들이 집에서 차뿐만 아니라 커피를 즐기고 있음을 보여주는 예다. 특히 타이완에서 생산하는 원두는 비록 수입 원두보다 비싸지만, 자국에서 생산하는 커피라는 프리미엄과 독특한 풍미 때문에 타이완 사람들의 사랑을 듬뿍 받는다.

에스프레소는 강하게 볶지 않아서인지 적당한 신맛에 청량감마저 느껴졌다. 특히 커피 본연의 기분 좋은 쓴맛이 매력적이었다. 데미타세를 비울 때까지 에스프레소 특유의 강렬함이 나의 빈 위장을 툭툭 건드리며 마치 빈속에 스카치 위스키 한 잔을 마신 것 같은 짜릿함을 주었다.

타이완에 와서 놀란 것 중 하나는 카페에서 사이펀 사용이 대중화되었다는 점이다. 마치 일본에서 핸드 드립 커피가 주를 이루는 것과 비슷한 현상이다. 특별히 타이완에서 생산되는 원두를 선택했는데, 사이펀 특유의 깔끔하고 부드러운 맛이 일품이었다. 불쾌한 맛이나 향은 전혀 느낄 수 없고, 커피가 식은 뒤에도 맛있는 산미와 잔향이 혀와 비강을 기분 좋게 했다.

타이완에서 가장 인상적인 카페는 프랜차이즈인데도 모든 매장에 로스터기를 두고 직접 생두를 볶아 사용하는 카

마카페cama café다. 비록 매장은 안락한 의자와 넓은 공간을 제공하는 여느 카페보다 자그마하지만, 날마다 생두를 볶아 신선한 원두로 커피를 추출하는 점은 이곳의 배타적인 강점이다. 족발을 직접 삶는 집이 더 맛있어 보이듯이, 커피 역시 직접 볶는 카페가 손님들에게 커피가 더 신선하고 맛있을 거라는 인상을 준다.

　일반적으로 직접 생두를 볶는 로스터리 카페는 그렇지 않은 카페에 비해 커피 값이 조금 더 비싼 것이 현실이다. 하지만 카마카페의 커피는 한화로 2500~4000원이다. 데일리 드립 커피도 선보이는데, 손님이 몇 가지 원두 중 하나를 선택하면 그 자리에서 핸드 드립으로 커피를 내려준다. 비록 이름난 카페의 핸드 드립에는 비할 수 없지만, 드립 커피의 기분을 내고 싶은 사람에게 대안이 될 수 있다.

커피 맛은 전반적으로 조금 밋밋하다. 러시아의 로딩커피 맛과 흡사하다고 할까. 스타벅스같이 진한 커피 맛을 선호하는 사람에게는 시시할 수 있으나, 순하고 부드러운 커피를 찾는 이들에게는 어필하는 맛이다. 그래서인지 출근길에 커피 한 잔을 투 고to go 하는 시민이 심심찮게 눈에 띄었다. 향후 우리나라에도 매장마다 생두를 볶는 카마카페 형태의 프랜차이즈가 등장할 것으로 예상된다.

타이완에서 커피에 대한 가장 독특한 경험은 일명 '소금 커피'로 유명한 빠스우뚜85℃다. 타이베이를 비롯해 타이완 곳곳에 매장을 둔 이곳은 상대적으로 커피 값이 저렴하고, 매장 위치가 좋아 대중적인 인기가 높다. 흔히 소금커피라고 하는 하이엔카페이海岩咖啡는 실제로 소금이 들어간 것은 아니고, 살짝 짠맛이 감도는 카페라테다. 중독성이 강해서 한번 맛들이면 자꾸 찾게 된다는데, 내 입맛에는 썩 맞지 않았다. 짭짤한 커피 맛이 궁금하다면 한 번 경험할 것

▌소금커피로 유명한 85℃

을 권한다.

　타이베이 시내에서 쾌적한 실내와 고급스러운 분위기의
카페를 찾는다면 멜랑지카페Melange Café가 제격이다. 쭝산中山
역 4번 출구 인근에 위치한 이곳은 이름의 뜻만큼 다양한 음
료와 간단한 식사를 제공한다. 카페 좌우로 근사하고 세련
된 분위기의 카페가 네 곳이나 있어 작은 카페촌을 형성한
다. 냉방이 잘되고, 매장이 넓고 쾌적하다. 깔끔한 유니폼을
입은 직원들은 영어를 할 줄 알며, 외지인에게도 무척 친절

▌ 멜랑지카페의 아이스 블랙커피

한 점이 인상적이다.

무더운 날씨에 오랜 시간을 걸은 터라 아이스블랙커피 한 잔을 주문했다. 강하게 볶은 만델링 원두를 사용한 것처럼 묵직하고 자극적인 쓴맛이 지배적인 커피다. 커피 한 모금을 머금고 입안에서 혀로 살살 굴렸다. 그리고 꿀꺽. 깊은 잔향이 오래 남았다. 커피와 함께 작고 예쁜 벨크리머에 시럽과 우유가 나왔다. 적당량의 시럽과 우유를 커피에 붓고 휘휘 저으니 제법 아이스라테처럼 보였다. 마치 우리나라 믹스 커피 여러 개로 만든 것처럼 이전보다 훨씬 부드럽고 달콤했다. 무더위에 지친 이들에게 이보다 좋은 커피는 없을 것이다.

선입관과 고정관념을 버리면 그동안 보이지 않고 경험하지 못한 것이 우리 삶에 들어온다. 커피 역시 마찬가지다. 타이완 하면 떠오르는 차에 대한 이미지를 잠시 접어두면, 어느덧 그들의 삶 깊숙이 자리 잡은 커피가 보이기 시작한다. 차뿐 아니라 커피도 맛있는 나라, 타이완은 커피 도락가에게 또 다른 낙원으로 이름을 올릴 것이다.

상하이의 커피 사랑방, 위드커피

중국 상하이의 한중 합작 법인 델타익스체인지Delta Exchange 에 근무하는 회사원 김영빈 씨는 언제나 커피 한 잔으로 하루를 시작한다. 날마다 커피 서너 잔은 기본이고, 주말이면 아내와 시내의 유명한 카페를 순례하는 것이 큰 즐거움이다. 집에서 아내와 한식을 만들어 먹기도 하지만, 종종 한인타운에 가서 좋아하는 콩나물국밥을 사 먹기도 한다. 이때 반드시 들르는 곳이 '위드커피Wið Coffee'다. 특히 선호하는 원두를 선택할 수 있는 핸드 드립 커피를 즐겨 마신다. 이곳은 여느 카페와 달리 주인장이 직접 손님 테이블에서 커피를 추출해주기 때문에 맛뿐 아니라 보는 즐거움도 있다.

위드커피는 상하이 교민들의 커피 쉼터이자 사랑방이다. 전체 손님 중 반 정도가 한국인인데, 대개 남편의 사업과 직장 때문에 이주해 온 주부들이다. 남편들은 주말이면 골프도 치고 종종 술도 마시면서 타향살이의 외로움과 고단함을

▌상하이 한인 타운에 위치한 '위드커피'(사진 제공 : 김양현 대표)

해소하지만, 주부들은 육아와 남편 뒷바라지하느라 그럴 여
유가 없다. 기껏해야 남편과 아이들이 직장과 학교로 간 사
이에 집안일을 마치고 잠깐 카페에서 커피 한 잔을 놓고 친
구들과 수다 떠는 게 전부다. 위드커피 김양현 대표 역시 남
편의 직장 때문에 상하이로 온 터라, 누구보다 그들의 마음
을 잘 안다. 그들에게 뭔가 색다른 즐거움과 희망을 줄 수 없
을까 고민하다가 커피아카데미를 열었다.

　김 대표는 2013년부터 교민들을 상대로 커피 교육을 해
왔다. 처음에는 마땅한 커피 교재를 구할 수 없어서 본인이
직접 만들었다. 한국에 있을 때 회사에서 컴퓨터 회계 교육

을 담당한 경험이 교재를 만들고 교육하는 데 큰 도움이 되
었다. 2017년 한국커피협회에서 강사 교육을 이수하고, 커
피 라이선스 과정을 개설해 운영하고 있다. 2013년 이래 지
금까지 그에게 커피를 배운 문하생은 312명에 달한다. 대부
분 적적함을 달래고자 취미로 배우지만, 카페 창업을 목표
로 하는 이들도 있다. 이제 위드커피는 커피 음료 판매뿐만
아니라 수준 높은 바리스타 교육으로도 상하이 한인들 사이
에서 정평이 났다.

  지금은 230제곱미터(약 70평) 규모 카페와 커피아카데미
를 운영하지만, 처음에는 집에서 교민들에게 커피 한 잔을

대접하는 것으로 시작했다. 2003년 미국계 회사에 다니는 남편이 해외로 발령이 나면서 가족 모두 싱가포르로 이주했다. 소일거리로 집에서 교민들을 상대로 컴퓨터 교육을 했는데, 이때 커피를 대접했다. 예상외로 반응이 좋아 혼자 커피 공부를 했다. 당시에는 지금처럼 신선한 원두가 아니라 마트에서 파는 오래된 원두를 사용했다. 2005년 일본에 갈 기회가 생겨 처음 생두를 접했다. 그때의 충격은 지금도 잊을 수 없을 만큼 강렬했다. 일본에서 생두를 사다가 홈 로스팅을 했다. 역시나 교민들의 반응이 뜨거웠다.

2006년 남편이 상하이로 발령이 나면서 본격적으로 커피와 깊은 사랑에 빠졌다. 한국에서 생두를 공급받아 맹렬히 연습했는데, 의욕이 앞선 나머지 많은 양을 태워 먹었다. 새까맣게 태운 원두만큼 김 대표의 마음도 타들어 갔다. 하지만 그때의 공부가 지금의 김 대표를 있게 했다고 해도 과언이 아니다. 비록 로스터리 카페에서 파는 품질은 아니지만, 볶은 커피를 친구들에게 생두 값만 받고 팔았다. 김 대표의 원두를 맛본 친구들의 지속적인 러브 콜에 2011년 12월, 지금의 자리에서 카페를 열었다.

창업 당시는 지금의 4분의 1 규모였다. 정말 거짓말처럼 손님들이 불어났다. 그때만 해도 지금처럼 질 좋은 커피를 경험하기 어려웠기 때문에 손님이 손님을 데려왔다. 두 명의 직원은 어느새 여덟 명으로 늘었다. 이러다 빌딩을 사겠다 싶을 정도로 현금 장사의 재미가 쏠쏠했다. 커피아카데미를 열기 위해서 1년 만에 매장 규모를 네 배로 늘려 지금의 모습을 갖췄다.

본격적으로 카페를 시작하기 전, 김 대표는 남편에게 부탁과 협조를 구했다. "당신을 만나 십수 년 동안 최선을 다해 아이를 키우고 내조했다. 이제 나도 나를 위해 살고 싶다. 물론 가사에 소홀하겠다는 뜻은 아니다. 나를 도와달라. 그렇지 않으면 나도 힘들다." 그 후 남편의 적극적인 외조와 아이들의 이해 덕분에 지금까지 올 수 있었다.

가정과 사업장 어느 것 하나 부족함 없이 순조로웠다. 호사다마라던가. 김 대표는 위드커피 2호점을 크게 내고 싶은 욕심이 생겼다. 중국인 자본가와 동업을 시작했다. 항저우杭州의 빌딩 세 개 층 660제곱미터(약 200평)를 임차했다. 2015년 9월부터 이듬해 3월까지 오픈 준비에 모든 정열을 쏟았고, 50만 위안(한화 약 8500만 원)을 투자했다.

그러나 김 대표에게 돌아온 결과는 사기였다. 중국인 동업자가 자기 명의로 매장을 오픈한 것이다. 투자액을 한 푼도 돌려받지 못했다. 어디에 하소연할 수도 없었다. 그동안 말로만 듣던 일부 중국인에게 사기를 당한 것이다. 몇 날 며칠 잠도 못 자고 눈물로 보냈다. 큰돈은 물론 로스팅 노하우와 음료 레시피를 모두 빼앗기고, 그동안 노력한 것이 수포로 돌아갔다는 데 울화가 치밀었다.

김 대표는 겨우 마음을 추스르고 초심으로 돌아갔다. 새로운 도전, 스태프 교육을 시작한 것이다. 현재 매장에서 일하는 한국인 직원은 모두 김 대표의 커피아카데미 출신이다. 일곱 명의 직원들은 향후 카페를 창업하거나, 본인이 원할 경우 계속해서 스태프로 남을 수 있다. 그중에 주부도 있는데, 그들은 이 일을 통해 누구 엄마나 아내가 아니라 자기 인생을 산다는 보람을 느낀다. 요즘은 12~18세 청소년을 상대로 부모와 함께 하는 커피 세미나를 연다. 커피 로스팅과 추출, 라테아트를 경험하는 프로그램이다. 부모와 함께 하다 보니 아이들이 그 나이 때 부모와 서먹서먹한 관계도 좋아진다고 한다.

김 대표는 중국에서 믿고 마실 수 있는 커피를 제공한다는 점, 교민을 상대로 커피 교육을 하는 점에 보람과 자부심을 느낀다. 그에게는 또 다른 목표가 있다. 언젠가 한국에 돌아가면 전 세계 교민들이 찾아올 수 있는 카페를 만드는 것이다. 한 잔의 맛있는 커피와 더불어 그들이 그곳에서 정보를 교환하고 소통할 수 있도록 돕고 싶다. 김 대표는 누구보다 교민의 고충을 잘 알고, 의지가 확고하기에 머지않아 꿈이 이루어질 것이다.

세계 커피 시장의 새로운 아이콘,
상하이

"중국인이 커피를 마시기 시작하면 세계 커피 시장에 엄청난 쓰나미를 몰고 올 것이다." 커피를 직업으로 하는 사람들이 흔히 하는 말이다. 나 역시 커피에 관한 글을 쓰고, 카페를 하고 있지만, 상하이에 다녀오기 전까지 지금 중국에서 커피에 관해 어떤 일이 벌어지는지 전혀 알지 못했다. 아니 중국 커피 시장에 대해 무지했다고 말하는 것이 솔직하고 정확하겠다.

2017년 12월 5일, 스타벅스 하워드 슐츠 회장이 '커피계의 디즈니랜드'라고 불리는 상하이 스타벅스 리저브 로스터리SSRR 개점을 자축하고자 중국 상하이를 찾았다. SSRR은 해외에서 처음 선보인 스타벅스 로스터리 매장으로, 일반 스타벅스 매장의 300배에 달할 정도로 어마어마한 크기를 자랑한다. 최고급 베이커리와 차, 이곳만의 각종 시그니처 메뉴도 선보였다. 내가 이곳을 방문했을 때의 첫인상은 '스타

상하이 스타벅스 리저브 로스터리

벅스가 도대체 이곳에 무슨 짓을 한 거지?'라는 감탄이었다. '이곳은 사진으로 담을 수 없다'는 표현이 적절하다. 하워드 슐츠 회장이 인터뷰에서 밝혔듯이, 2020년이면 중국의 커피 시장은 3조 위안(약 500조 원)에 이를 전망이다.

이번 상하이 커피 여행은 나의 애독자이자 커피 애호가 김영빈 씨의 주선으로 이뤄졌다. 중국인 통역은 상하이에서 한의학을 공부 중인 김희진·강명재 씨가 도움을 주었다. '과연 중국에 변변한 카페가 있을까'라는 선입관은 초반부터 보기 좋게 산산조각이 났다. 작지만 강한 커피 회사 밍치엔은 2009년 상하이에서 창업한 이래 현재 직원 40명에 연 매출 34억 원을 올리고 있다. 직접 커피 농장을 운영하며 질 좋은 생두와 원두를 카페에 납품하는 것을 주업으로 한다. 그외에 몇 개의 카페를 운영하고, 일반인을 상대로 바리스타 교육과 카페 창업 관련 컨설팅도 제공한다.

외면상으론 여느 커피 회사와 다를 것이 없어 보인다. 그들의 경쟁력은 더 좋은 커피를 생산하겠다는 끊임없는 노력에 있다. 밍치엔의 네 파트너 중 하나인 왕레이는 생두 전문가다. 그의 스마트폰에는 현지 농장의 습도와 온도 등 기후 정보가 한눈에 볼 수 있도록 세팅되어 있었다. 수시로 현지 기후를 확인하고, 수천 킬로미터 떨어진 곳에서 농부에게 지금 해야 할 일을 문자로 보냈다.

지난 2월 윈난성雲南省의 합작 농장에서 수확한 '뉴크롭'
을 비롯해 가공 방법이 다른 몇 가지 원두를 시음하는 특혜
를 누렸다. 특히 워시디Washed(생두를 물로 세척한 뒤 건조한 원두)
에서는 마치 보이차와 같은 맛과 향이 났다. 어느 곳에서도
경험하지 못한 독특한 맛이어서 매력적이었다.

'스몰암스빅하트Small Arms Big Heart', 이름만큼 넓은 마음으로
여러 나라의 원두를 소개하는 카페가 있다고 해서 발걸음
을 옮겼다. 보통 여러 나라의 원두라 하면 커피 산지가 다르

▌ 세계 각국의 유명한 원두를 맛볼 수 있는 '스몰암스빅하트' 내부

다고 생각하기 쉽지만, 이곳은 여러 나라의 유명한 카페에서 로스팅한 원두를 핸드 드립으로 맛볼 수 있다. 에스프레소를 베이스로 하는 베리에이션 메뉴는 자사의 블렌딩한 원두를 사용했다. 우리나라의 카페 몇 곳에서도 원두를 들여와 소개하고 있다는 점이 흥미로웠다. 원두 보드에서 익숙한 카페 이름을 보니 외국에서 한국 음식점을 만난 듯 반가웠다.

나는 에스프레소와 아메리카노, 카페라테를 주문했다. 매니저를 포함한 세 명의 여자 바리스타가 커피를 추출하고 서비스하는 점 또한 이채로웠다. 13제곱미터(4평) 남짓한 매장에는 발 디딜 틈 없이 손님들로 가득했다. 옆 사람의 체온까지 느껴질 정도로 좁았지만, 커피 맛과 직원들의 세련된 서비스 덕에 불편함이 없었다.

세 잔 모두 커피 교과서를 옮겨놓은 듯 기본기에 충실해서인지 메뉴마다 특징을 섬세하게 표현했다. 커피는 군더더기 없이 깔끔하고 탄탄했다. 타이완과는 또 다른 느낌이었다. 솔직히 타이페이보다 상하이의 커피가 한두 수 위가 아닌가 하는 인상을 받았다. 매장을 나서기 전 알게 된 사실은, 이곳의 주인이 밍치엔의 파트너 왕레이라는 것이다. 우연도 이런 우연이 없지 않은가.

상하이에서 테이크아웃 커피를 전문으로 하는 카페 중 신

■ 중국판 스타벅스를 꿈꾸는 시소커피

홍 강자로 부상한 곳이 있다. 예를 갖춰 손님을 대한다는 의미에서 지은 것 같은 이름, 매너커피Manner Coffee다. 상하이에 총 일곱 개의 매장을 둔 이곳은 싸고 맛있는 커피로 젊은이들에게 인기가 높다. 실제로 상하이에서 15위안(약 2550원)에 이 정도 커피를 만나기란 쉽지 않다. 특이한 점은 사이즈가 같다면 아메리카노와 카페라테의 가격 차이가 없다는 것이었다. 장쑤성江蘇省에 로스팅 공장을 두고 직접 볶은 원두를 각 지점에 공급한다.

통역을 맡은 강명재 씨는 "상하이에서 가장 대중적인 커피를 맛볼 수 있는 곳이 어디냐고 물으면, 많은 사람들이 매너커피를 꼽을 것"이라고 말했다. 주문한 아메리카노와 카페라테의 맛을 보니 그 말이 어떤 의미인지 단박에 알 수 있었다. 거부감이 없고 부드러운 커피, 고소하고 부드러운 우유 거품은 매너커피가 왜 대중의 사랑을 듬뿍 받는지 단적으로 보여줬다.

중국의 스타벅스를 꿈꾸는 카페가 있다. 시소커피See Saw Coffee라는 프랜차이즈인데, 이름의 의미는 스타벅스만큼 엉뚱하다. 이곳에 들어가는 순간, '여기가 과연 그동안 내가 알던 중국인가'라는 의문이 생겼다. 현재 중국의 커피 산업 수준을 엿볼 수 있는 이곳은 세련된 실내 디자인, 사이펀과 핸드 드립 그리고 에스프레소 머신 추출이 가능한 초현대식 바를 갖췄다. 특히 사이펀과 핸드 드립 추출이 인상적이었는데, 바리스타들은 추출한 원두를 전자저울로 정확히 계량한 뒤 손님이 원하는 양만큼 추출했다.

'코스타리카 타라주' 원두를 선택하고, 사이펀과 아메리카노로 주문했다. 신기한 것은 둘 다 핸드 드립 커피를 마시는 느낌을 준다는 점이었다. 중간 볶음의 원두는 기분 좋은 청량감을 주는 신맛과 구수하고 부드러운 쓴맛이 어우러져 혀와 코를 호강시켰다.

위에 언급한 카페 외에도 '이디엠카페EDM CAFÉ' '더프레스THE PRESS' '파인라인커피FINELINE COFFEE' 등 여러 곳에 다녀왔다. 정말 놀라운 것은 이 모든 카페의 커피 만족도가 중상급 이상이었다는 점이다. 무심코 들른 카페에서도 맛있는 커피를 즐길 수 있다는 것은 상하이의 커피 수준이 그만큼 높다는 방증이다. 앞으로 상하이는 세계 커피 시장의 아이콘으로 자리매김할 것이며, 향후 10년 내에 세계 최대 커피 소비국이라는 위상은 미국이 아니라 중국이 차지할 것으로 보인다.